MATT

Lou Valérie Vernet

MATT

Édition : BoD - Books on Demand, info@bod.fr
Impression : BoD - Books on Demand, In de
Tarpen 42, Norderstedt (Allemagne)
Impression à la demande

ISBN : 978-2-3225-4308-3

Dépôt légal : juillet 2024

À mes veilleurs, là-haut,

Et à tous ceux qui,
D'une façon ou d'une autre,
Tentent de créer un monde meilleur.

Merci !

Combien il est vain de s'asseoir pour écrire
Quand on ne s'est pas levé pour vivre.
Henry David Thoreau

L'enfant de la rue
Est devenu grand
Mais il garde dans son sac
Ses poèmes d'antan
Slimane / L'enfant de la rue

Une chambre, un lit, un homme, c'est là tout ce qu'il reste d'une vie, dans son ultime nudité ; trois murs peints en blanc et le quatrième en rouge grenat comme une dichotomie, virginale et sanglante.

D'une unique fenêtre grillagée, doublée de barreaux argentés s'infiltre une lumière terne, arrêtée dans son élan, privée de ses éclats. Elle éclaire un placard encastré, évidé, duquel on a même ôté les portes et auquel est adjointe une alcôve qui sert de bureau, inoccupé aussi. Le lit, lui, a été déplacé. Il trône, seul, au centre de la pièce, matelas posé sur un sommier soutenu par un cadre en fer noir.

L'homme y gît, recouvert d'un drap jaune pâle et d'une couverture vert amande.

Une unique chaise de paille complète l'ensemble. Sur son dossier, sagement pliée, une serviette et un gant de toilette bleus. L'ensemble forme un patchwork d'objets aux couleurs tristes, sans poésie. Vestige sans âme, dénué d'espoir, comme déserté.

Reste la porte verrouillée mais bien réelle, avec une poignée en aluminium et assez de latitude entre le mur et le lit, pour que quelqu'un y entre et en sorte. Peut-être un jour.

Tant que l'homme respire, que le drap se soulève sur son torse, que son œil tressaute du dessous de ses paupières, il reste une chance et ce, même si son souffle lent diffuse un parfum suranné, saturant l'atmosphère, la rendant quasi irrespirable. C'est que la vie s'acharne, rémanente dans sa dernière lutte, inspirant et expirant ce qui fut, est et sera.

Vie murmurée, inaudible, criée, pleurée, mendiée, étouffée et d'autres fois claire, distincte, vindicative, presque violente.

Voix multiple aux accents désaccordés qui ferait passer l'homme pour un fou, parce qu'alors tout serait plus simple et définitif.

1er chapitre

C'est un vieil homme mais pas encore un vieillard, il suffit de le regarder vraiment, jusqu'au fond des yeux, la pupille est alerte et sourit comme elle l'a toujours fait, même de loin, même tête baissée, concentré, besogneux, viscéralement arraché au monde.

C'est aussi et surtout, encore aujourd'hui - d'aucuns l'espèrent en tout cas, qui le voient penché à sa table à noircir des pages entières de son probable dernier roman - un grand penseur, un artiste, un génie des mots qui certes a fait son temps, est en train de le perdre ou d'y survivre, nous le saurons bientôt. En tout cas, le seul capable d'écrire des pages longues comme une encyclopédie sur un regard qui vous raconterait une histoire.

Souvenez-vous ! Quelques phrases jetées sur le papier et il n'y a pas si longtemps encore, quiconque le lisait pour la première fois comme pour la énième fois, était fait comme un rat, tout entier dans ce regard qu'il éclairait pour nous, à vivre l'aventure par le prisme particulier de son personnage, sans rien pour nous arrêter. Combien de fois et combien de lecteurs ont loupé leur arrêt de bus, dormi trop tard, oublié un rendez-vous, préféré tourner les pages de son livre plutôt que de se lever pour aller vivre leur propre vie ? Une folie, cette capacité qu'il ~~avait~~, a – même si certains journalistes l'enterrent en le traitant de vieillard sénile, on ne peut pas encore en parler au passé - de nous mener par le bout du nez, de nous tenir en haleine sur des centaines de pages sans qu'on ne veuille plus jamais regarder ailleurs. Un génie du détail, ni trop long ni trop compliqué mais celui qui est rempli de toutes ces choses qui font la vie. Celle que l'on vit par procuration, tellement semblable à la nôtre, pourtant si différente, mais dans laquelle on se projette d'emblée, par la force de description, de précision, de véracité, d'opiniâtreté.

Rendre réel ce qui ne l'est pas jusqu'à renier notre propre réalité par la seule force de sa main et de son stylo. Partir à l'assaut de sa petite écriture serrée comme en témoignent quelques manuscrits existants. La même que celle apprise face au pupitre, sur les bancs de bois brut, à l'école communale quand on le faisait recopier dix fois la même lettre, en majuscule, en minuscule, dans un tracé irréprochable. Chaque lettre parfaitement dessinée, il a déjà raconté cela, comment les pleins et les déliés lui ont tout appris des mots, avant même d'en comprendre le sens parce que bien reproduire chaque lettre, c'était devoir y penser dans sa forme, dans son arrondi, dans sa cambrure, dans sa rectitude ou au contraire, dans son enfantement.

Comme ce O exemplaire qui des années après, a paraît-il encore le pouvoir d'évoquer en lui, un paysage de tour du monde, une boule de feu organique, terriblement humaine capable d'apparaître devant lui comme pour lui signifier sa présence et toute sa place, unique, première, pleine. C'était cela écrire et réécrire chaque lettre de chaque mot pendant ses premières années *d'apprentissage. La tension au bout de chaque doigt, faire glisser la plume sans grincer, sans trop appuyer, sans faire de pâté, sans baver. Acquérir la souplesse du poignet, c'était en éprouver la place, la longueur, l'avancement. C'est ainsi, à force d'aligner les lettres, puis les mots, de devoir recopier des phrases, puis un jour, pour une rédaction, d'oser en inventer, qu'il apprit qu'on ne pouvait pas agencer n'importe quel mot à côté de n'importe quel autre. Rien n'est moins simple que d'accoler des mots ensemble pour en faire une phrase. Certains ne se supportent pas, jamais, on le sent en le disant, ce n'est pas rond, pas fluide, pas joli et si ça ne l'est pas en bouche, dans l'oralité, la musicalité alors ce ne l'est pas plus, couché sur le papier, imprimé en caractère gras. Aurait-il jamais écrit, par exemple, comme on serait tenté de le faire ici, que quelqu'un comme lui puisse porter de beaux habits avec cette espèce de liaison en z qui fait siffler l'oreille. Non, jamais. Sûrement qu'il ne s'insurgera pas d'être présenté ainsi, proprement mis de sa personne, joliment accoutré comme pour un premier rendez-vous. Expression triviale s'il en est quand on sait ce que lui aurait pu conter de cet instant et de ceux qui l'ont précédé.*

Certainement qu'en lieu et place de cette simple phrase, lui, il aurait décrit la veste et le tombé du pantalon, la chemise parfaitement repassée et même amidonnée. Il aurait remarqué la cravate assortie aux chaussures, à la ceinture, aux bretelles peut-être et aurait fait discourir pendant des heures son épouse qui avait repassé l'ensemble, avec une patience infinie. Tellement d'amour dans son geste, de reconnaissance pour l'homme qu'il avait su être, le mari, le père, l'écrivain, l'homme du monde, toutes ces années à ses côtés sans jamais la laisser derrière, en retrait mais bien à sa hauteur, comme la seule personne à y être autorisée.

Il aurait posé des questions, fait des recherches, dissocié la soie de la cravate au cuir tanné de la ceinture, le velours ciselé du velours côtelé, la laine de l'alpaga puis il aurait parlé du maintien, de la posture, du vernis des chaussures et du regard fier, de cette grandeur d'âme peut-être, que l'on sent d'emblée, de cette bonhommie qui fait que l'homme pareillement vêtu est habité. Voilà, c'est ça, habité de beaux atours mais pas seulement. Et il aurait redit, sans qu'on s'en offusque, ni que ça ait l'air d'une répétition, plus loin, une fois encore, que tout cela c'est grâce à sa femme, au soin qu'elle a toujours eu de vouloir le rendre élégant, presque parfait, avec ce dernier coup de peigne dans sa chevelure blanche, cette crinière fournie comme au premier jour, une sorte de crin, épais et doux qui lui descend jusque dans le cou.

Et peut-être est-ce cela qui fait de lui ce vieil homme de 89 printemps que personne ne peut associer au mot vieillard même s'il se déplace en fauteuil roulant, que ses gestes sont lents, son débit mesuré et sa vue basse, il a gardé cette espèce de classe innée, comme une aura gigantesque qui fait que lorsqu'on s'apprête à le rencontrer, on est saisi d'une grande timidité et d'un terrible sentiment d'imposture.

L'autre

Et voilà, ça recommence, remplissage, billevesée, jusqu'au bout, même en sachant que c'est là ton dernier livre.

Un premier chapitre, mille-cinquante et un mots, de jolies formules alors que tout se résume à ton dernier terme, le seul de juste, de vrai, à retenir : Imposture.

Cette fois-ci, on y est et je ne te laisserai pas poursuivre, dommage pour ton roman, ta dernière histoire donnée au monde, ton énième mensonge.

Tu savais que ce jour arriverait, nous le savions tous les deux, ça finit toujours ainsi une vie, comme maintenant, entre quatre yeux et tu peux t'estimer heureux, nous, nous aurons le temps. Enfin un certain temps. Tu es bien placé pour savoir que certains ne l'ont pas. Le grand départ, souvent, ça se passe en un éclair, dans un accéléré qui ne laisse aucun répit, dans un immense regret d'arriver trop tard mais pas toi, pas nous.

Pas le grand M.T.A.

La mort est en chemin et elle te prévient, elle t'offre une sublime opportunité, comme une dernière occasion. Ou un privilège ? Un cadeau pour la postérité ? Pour tes milliers de lecteurs ? Pour la beauté du geste ?

Ou simplement pour moi parce que tu me le dois bien, beaucoup, immensément et que cette fois-ci, je ne me tais plus, je demande la parole et même je la prends, je l'exige. Eh oui, tu vas te laisser faire, tu n'as plus les moyens de faire autrement, plus les ressources.

C'est toujours ainsi quand la maladie s'invite, alors la vérité sort quoi qu'il en coûte à chacune des parties, elle s'impose, elle surgit, il faut boucler la boucle. Que l'on soit d'accord ou pas, aucun secret n'y résiste, c'est un miroir la mort, sacrément transparent et ce que l'on y contemple alors c'est l'âme, tout entière, à nu, comme elle est née, comme elle aurait dû vivre, comme elle a vécu.

Je savais que ce jour arriverait, ce fut long mais j'ai attendu, à plusieurs reprises tu as eu l'occasion de devancer ce moment, tu as préféré botter en touche, continuer de la jouer solo comme si tu étais tout seul, avec ta légende, tes dénis, tes faux semblants.

Mais la carcasse du grand Matthias se fissure enfin et je la précède.

Ça t'étonne ?

Tu croyais pouvoir y échapper ? Impossible.

Je ne te laisse plus faire, je sais que tu m'entends, regarde, j'arrive.

Je suis déjà là, couché entre tes lignes.

Matthias

C'est ainsi que tu reviens depuis tout ce temps, ainsi que tu m'interromps ? Comme ça, sans préavis, à mon insu, voilà que tu veux écrire, jouer à l'écrivain, faire valser les mots, te prendre pour moi, croire que tu peux y arriver.

Je te croyais mort, pourtant, mort et enterré, loin, très loin en dedans.

On est au-delà de la surprise, du coup de théâtre, du climax obligatoire ; revenir in extrémis, à deux doigts de ma mort et prendre ma place en te targuant d'harponner ma plume, ainsi, dès le 1er chapitre, m'évincer, t'immiscer, me spolier ?

Mais est-ce que tu sais où tu vas au moins ? A quoi tu t'exposes ? Est-ce que j'ai déjà dit à quiconque ce qu'il en coûte de se croire écrivain ? A quoi et à qui tu vas devoir renoncer ? Hein, dis-moi, le sais-tu au moins ?

Parce qu'il faudrait déjà apprendre à te taire, oui, c'est bien cela, te taire alors que je t'ai connu brailleur, sacrément gueulard.

Puis, il te faudra aussi apprendre à regarder et à écouter, profondément, de l'intérieur, à ressentir pendant des heures, des jours, des semaines, à satiété, jusqu'à l'overdose, jusqu'à entendre comme un écho retentissant, pleins poumons, jusqu'à te croire être devenu un autre, femmes, hommes, bêtes, foule, regards, silences.

Surtout les silences, ces grands bavards, plus loquaces qu'un millier d'oisillons affamés, tellement prégnants, assourdissants, de là où nait le chaos : des pensées, des idées, des mots. Et alors il te faudra faire le tri, dissocier l'ivraie du bon grain, ne pas céder à la facilité, oser les détails.

Et les hommes aussi, je ne te dis pas de les aimer, ça non, rien ne t'y oblige et pourtant tu vas devoir t'y intéresser, de près, avec acuité, acharnement, à la loupe, en notant tout. Par écrit si besoin mais surtout du dedans, comme inscrit dans ton propre ADN, tatoué sur ta peau et pas seulement en surface, comme tant d'autres qui miment, imitent, psalmodient mais ne touchent jamais le cœur du sujet.

Si tu veux écrire un enfant, un vieillard, une femme, deviens un enfant, un vieillard, une femme, porte leurs habits, écorche-toi les genoux, triture-toi le cœur, ressasse des souvenirs, perds la vue, l'ouïe ou le goût, marche en talons, porte un corset, cuisine une année d'affilée, accouche s'il le faut et peut-être, seulement après, commence à écrire. Quand ton esprit aura réussi à se distancier de toi pour entrer dans l'autre.

N'aie pas peur de te perdre, écrire ce n'est que cela, une aventure de l'autre qui vient en toi et ne te quitte plus, jusqu'à la dernière ligne, le point final et au-delà.

Joue le jeu en entier ou ne le joue pas.

Si tu veux porter fièrement le costume d'écrivain, le mien en tout cas, deviens-le de tout ton être, pas seulement pour la parade, l'habit, la mode, l'argent, la notoriété, le pouvoir. Ceux-là écrivent mais ne sont pas écrivains, ils font semblant d'être ce qu'ils ne sont pas. Ose ne jamais connaître cette fausse abondance de reconnaissance, de mauvaise publicité. Prends le risque de te dépouiller de tout au contraire et va devant, dedans, dehors, tout au bord du précipice.

Va chercher le monde dans l'oubli de toi et tu verras, à ce moment-là, tous les mots du monde t'appartiendront.

Même ceux que tu ne connaissais pas.

Même ceux que tu ne soupçonnais pas porter en toi.

L'autre

L'emphase, encore et toujours, le grand Matthias dans ses envolées quasi bibliques. Ça marche tellement bien, avec tout le monde, tes lecteurs, les journalistes, les nécessiteux du livre qui, pour te piquer 80% de tes recettes, sont prêts à tout entendre de toi, tes poncifs et tes fausses vérités parce que tes mots sont beaux, ta pensée pure, ton discours ensorcelant, comme habité.

Et tu m'écris ça à moi, comme si toutes ces années je ne t'avais pas vu faire, comme si j'étais le dernier à te connaître, comme si tu pouvais encore me mentir.

Matthias de Tourniquet-Ampère dit M.T.A., le grand, l'unique, le seul, qui n'a jamais signé ses livres autrement que d'un simple *Matt.* avec cette douce humilité et cette espèce de proximité qui te faisaient encore baisser la tête à chaque fois qu'un lecteur s'approchait de toi, tellement reconnaissant et étonné, encore des années après, que ta langue, tes histoires, ton univers ait rencontré tant de monde, ait traversé tant de frontière, ait saisi tant de cœurs. Parce que c'est ainsi que tu voulais ton public, n'est-ce pas ? *Dans le cœur.* Tout entier dans cette respiration universelle qui lie un homme à un autre. *Une histoire d'âme* répétais-tu à chaque fois qu'on te posait la question : comment se fait-il que vous soyez si populaire ?

Tu avais cette réponse simple : *une histoire d'âme.* Comme si par cette formule, chacun entendait ce qu'il voulait bien entendre et que cela seul suffisait. C'était direct, efficace, à ton image, à ton franc-parler, tout en pudeur et en économie de mots, à l'inverse de ta prose, si abondante.

Dès lors, on savait que pour en arriver là, tu avais dû tricoter des montagnes de vocables, de pensées, d'incertitudes. Que tu avais dû noircir des carnets entiers pour en extraire cette quintessence, ce condensé qui devait nous satisfaire et tout dire de ta pensée. Ces classeurs que nous rêvions tous de lire un jour ou peut-être devrais-je dire que moi et moi seul, je rêvais de voir enfin publiés, pour comprendre qui tu étais vraiment, ce qu'il t'en avait vraiment coûté de m'abandonner, au-delà du personnage et de ce que ta biographie en disaient.

Parce que c'est un fait, l'homme est secret, terriblement secret, trop secret.

Partout existent des dates, des événements, une somme de choses inscrites ici et là mais ça ne dit rien du bonhomme, rien de ta création, rien de ta capacité phénoménale à aligner autant de mots, année après année, sans que rien ne s'épuise en toi, ni ta force de création, ni ton originalité, ni ta finesse d'esprit, ni cette puissance narrative que peu d'écrivains au monde n'ont, paraît-il, selon certains fans, égalée. Chaque livre a créé la surprise, comme si à chaque sortie littéraire, on te découvrait pour la première fois, comme si on plongeait dans une nouvelle plume et qu'on rentrait dans un nouveau monde. Une capacité de renouvellement hors du commun. On avait beau reconnaître ta patte, savoir que c'était toi, le bluff était là, dans cette différence de ton, de sujet, de propos qui justement faisait toute la différence d'avec tes précédent textes.

Tu as tellement écrit, sur tous les sujets, passant du noir au blanc, avec une facilité déconcertante.

15 thrillers. 12 polars. 5 romans ados. 9 contes pour enfants. 3 essais. 1 pamphlet. 5 autobiographies. 17 romans. 7 pièces de théâtre. Plus de 536 nouvelles répertoriées et dispersées dans pléthore de recueils collectifs et 8 individuels.

Soit environ 82 ouvrages en presque 40 ans de métier. Il t'en a fallu des livres pour tout dire, tout raconter. Tout expier peut-être ?

Et pourtant, jamais, nulle part, un mot sur moi.

Alors que sans moi…

Matthias

Sans toi, avec toi, pour les uns ou les autres, c'est tellement peu ça, tellement tout le contraire. Si tu veux prendre la main, raconter à ma place, tu devrais déjà l'avoir compris, écrire ne m'appartient pas, pas plus qu'à toi, à personne.

C'est au-delà. Tu le sais, non ?

C'est toujours ainsi que cela commence, que je sais qu'il est temps, quand il est clair que plus rien de bon n'adviendra avant que j'aie fini, quand d'un coup je ne supporte plus le monde, sa bêtise, son bruit, sa multitude, quand il dégueule de moi, que je le trouve laid, absurde, ridicule et surtout grossier

Quand je ne vois plus le bleu du ciel comme un cadeau mais comme un grand vide où se noient toutes mes pensées, quand le ressac humain chasse le chant des oiseaux, quand il me semble impossible de dormir une nuit de plus sans risquer de réveiller mes pires cauchemars, quand le laid vient supplanter le beau jusqu'au point de rupture, à ce point qu'il faille fuir.

C'est qu'il faut beaucoup d'ennui pour créer, pas d'ennui de ne rien faire, non, mais d'ennui du monde, de sa compagnie et même un terrible refus, une lassitude, un rejet quasi morbide qui obligent à créer un autre monde, à convoquer d'autres compagnies.

Il faut être prêt à marcher beaucoup, longtemps, loin, seul. A quitter sa vie, son corps, ses amis, à déserter une discussion en plein milieu, à offrir un regard vide, à s'entendre dire *mais bon sang t'es où encore, redescends sur terre.*

À saisir un truc, quoi au juste, personne ne sait mais ça passe là, sous tes yeux, dans ta tête et plus rien n'existe, d'un coup ta vie en dépend, tu es obligé de suivre ton idée alors même que tu étais occupé à autre chose et voilà que tu t'absentes, tu n'es plus là où tu étais, plus là où tu devrais être. Tu es parti.

Tu ne sais même pas ce que ça vaut, tu sais juste sur l'instant que ta vie en dépend, que tu dois tout lâcher et suivre ton idée. Plus tard tu la reliras et tu ne seras plus sûr de rien. Un jour tu croiras que le nécessaire est là et un autre tu penseras qu'écrire est dérisoire, qu'il faut sacrément être imbu de soi. Le mot *écrivain* porte en lui cette vanité constitutionnelle.

Dans ces moments-là, tu le ressentiras dans ta chair et pourtant, paradoxalement, l'obligation d'écrire sera ta seule possibilité de rédemption.

Il faut être prêt à tout ça : les insomnies, les doutes, les heures vides et la solitude, entière, épaisse et grasse, lourde comme un péché.

Pour un instant de pure envolée lyrique dont à la fin il ne restera rien ou peut-être juste un mot, une phrase et alors tout sera à recommencer pour aller vers une seconde phrase, à chaque fois pareil, aligner les mots en y croyant, dans un tel désordre.

Et vers quel désastre ?

Se sentir vide à en crever, croire que tout est fini alors que c'est là, précisément, que tout commence, dans ce matériel humain qui te révulse les sens, le cœur et l'âme.

Qui ne te laisse que deux choix.

Tu peux rester sur le rebord du monde, être de ceux qui le regardent, qui l'effleurent, se contentent d'en caresser l'écorce, trop peureux pour tenter l'aventure, rester vaporeux ou inconsistant ou timide ou contemplatif, être là, au bord de toutes choses, sans avoir l'air d'y être, faire semblant chaque jour, le temps de donner le change, de jouer son rôle, sa partition, être là sans lui appartenir vraiment comme un pantin. Ou, et c'est là que tout arrive, tu peux descendre en son centre, vouloir quitter le bord et d'un coup plonger dans le vide, au milieu du grand trou noir, là où pulse le cœur, dans son marasme, son origine, sa construction, tout entier, présent, dans un corps à corps tour à tour violent, jouissif, tourmenté, sans filtre, sans armure, sans essayage, faire partie du grand tout, côtoyer le pire et le meilleur au risque de prendre des coups, de ressentir l'outrage de vivre et peut-être un jour d'en comprendre l'utilité, donner sens. L'écriture comme une énorme consolation, un miracle.

Et sinon, il te faudra apprendre à te bercer seul, inlassablement parce que même si tu écrivais mille livres en une vie, tu sais que tu ne trouveras jamais de mots assez forts pour dire ce manque qui te casse les reins, ce vide en toi que rien ne comble, ce gouffre où tu vas puiser l'inspiration et qui te prend tout, absolument tout sans rien laisser à la vie, parfois.

Rien que toi, perdu, abandonné.

Dépossédé.

L'autre

Dépossédé, c'est le mot exact, ce que tu as fait de moi et de toi, au nom du Verbe, du grand, du prodigieux Verbe, au nom de ta folie ou pour y échapper, pour me faire taire, parce que les failles, les gouffres, les vides, les abysses étaient là, à portée de main et tu as fait rempart, joliment, ça, on ne peut pas dire, avec talent et un certain succès.

Mais à quel prix ?

Tu parlais de renoncement tout à l'heure et pour cause, je suis le premier concerné. Est-ce que tu t'en rends compte que je suis là, dans tes mots, au travers et que je ne te laisse plus le choix.

Ton armure se fissure Matt, ton armure se fissure, il est évident que tu vas devoir parler de moi, de nous, que ça ne peut plus durer. Cette distance, cette dissociation, ce renoncement.

C'est comme une division d'esprit, de cœur et d'âme.

Et il est plus que temps que ça s'arrête.

Ce fameux temps qui t'échappe à présent, il en dirait quoi ton grand ami, Jean-Pierre Garnier Malet ? Quand bien même il te resterait encore 525 600 minutes à vivre.

Rien qu'une année, le temps d'un livre, le dernier. Peut-être le seul ?

Alors, temps perceptibles ou imperceptibles ? Parce qu'il faut bien avouer, cette fameuse théorie a savamment servi tes intérêts pour me cacher jusqu'à présent.

Selon ce physicien, derrière qui tu t'es si souvent caché, découvreur en 1998 de la loi du dédoublement du temps, il se peut que nous soyons là, que nous avons été là, et que nous serons là. Notre pensée qui vient du passé, vit dans le présent et crée le futur. Tout ça en même temps. Sans s'en apercevoir. Comme s'il y avait des failles temporelles et qu'on passait d'un temps à un autre. Sans le savoir. Enfin si en le sachant mais pas consciemment.

D'où chez les artistes, le pouvoir de création qui leur permet d'être là et de disparaitre en même temps, d'être ailleurs, sur d'autres niveaux de consciences. Comme dédoublés. À la fois soi et un autre, dans une dimension espace-temps contradictoire. Divergente ? Opposée ? Par des échanges d'informations instantanés, dans des ouvertures temporelles, il peut être en même temps observateur dans trois temporalités différentes : passé, présent, futur.

Un truc à rendre fou si on ne le maitrise pas, que tu n'as jamais maitrisé, embarqué sur ta seule planète toutes ces années.

Matthias

Justement, tant qu'on n'est pas conscient ou assez fou pour croire que cela existe, elle est là, l'étape à franchir. Laisser faire, ne rien maitriser, se laisser dissoudre, accueillir, être réceptacle, arrêter de se prendre pour Dieu et croire que nous contrôlons tout, surtout le processus de création, encore moins le temps.

Tu crois pouvoir y arriver ?

Parce que sinon, tu seras comme tous ces faiseurs d'histoires : compétents, académiques. Sujet, verbe, complément, point, à la ligne. En une épithète, chiant. Mais tu ne deviendras jamais écrivain. Les écrivains, eux, ne maîtrisent rien, ils se laissent submerger, envahir, habiter, dissoudre totalement. Ils acceptent d'entrer en résonance avec leurs personnages, cette double entité, perdue dans les limbes, qui demande à ce que son histoire soit racontée, traduite dans une langue que les humains comprendront et qui, si elle est bien maniée, doit pouvoir entrer en résonance avec eux.

Et pour cela, il faut tout abandonner de soi, sa propre histoire en premier, son moi profond, ses préférences, ses goûts, ses appétences, ses souvenirs.

Il faut au contraire pouvoir attirer tout ce qui n'est pas soi, tellement autre, si différent, ne plus jamais penser en *Je* mais en Il ou Elle ou Un ou Des, tous ces sujets qui fourmillent d'histoires alors que nous autres, simples artisans du Verbe, n'en possédons qu'une.

Une seule, pauvre et dérisoire histoire qui n'intéresse personne.

Ça aussi tu le sais. Personne.

0

Il y a eu cette première voie lactée, cet autre univers, cette incroyable immensité noire et toutes ces étoiles inclues, des milliards d'arborescences lumineuses, l'idée d'en faire partie un jour, d'y retourner, de briller indéfiniment, d'être rendu au point zéro du grand tout, allongé sur l'herbe, entre le père et la mère, leurs voix pour raconter l'origine, la terre, les bêtes, la ferme et eux trois, plantés là, invisibles aux yeux de tous et pourtant bien vivants, bien réels, quantité négligeable du cosmos et pourtant une famille à part entière, unis, réunis, soudés, heureux, au moins dans cet instant ; un sentiment d'appartenance et comme des démangeaisons partout sur le corps, particules de bonheur qui se diffusent, passent de l'un à l'autre, cristallisent, s'incarnent, prennent vie et force et souvenir, un des premiers et des seuls du jeune Matt, comme une bulle de bien-être, en lévitation, flottant, n'être personne et pourtant se sentir quelqu'un, toute l'ambigüité de la vie, selon que l'on soit aimé ou pas, follement ou petitement, au début ou à la fin d'une histoire et toutes les difficultés entre, qui profanent, entaillent, meurtrissent les ventres affamés d'amour, qui jalonnent les parcours et tous ces chemins qu'il faut prendre sans se tromper, le moins possible, pour arriver à l'enfant, lui donner vie et place, s'aimer à deux, puis à trois, s'enlacer sans se lasser, et parfois, comme ce soir-là, croire qu'une bonne étoile au milieu de toutes les autres protège, sécurise, pérennise ce grand fragile que sont les missions de vivre et de grandir.

L'autre

T'en as pas marre de tes mensonges basés sur ce foutu épilogue, écrit à 21 ans, qui a servi ton premier roman et construit ta légende ? Dès lors, j'ai su que tu prenais un chemin irréversible qui serait long et me laisserait sur le carreau.

Terrassé, piétiné, renié.

« *Au bord de la pluie, épilogue. M.T.A. 1971.*

« ... S. D., membre du Lude en images, évoque aujourd'hui les *Tours d'Abandon* ou « Tourniquet ».

Elles ont existé sous une forme ou une autre pendant des siècles. Le système était assez courant au Moyen Âge en Europe. En Italie, les premiers *ruote dei trovatelli* (roues pour enfants trouvés) datent de 1198. Ces tours d'abandon consistaient en un cylindre ouvrant sur l'extérieur d'un bâtiment, comme un tambour de porte. Les mères mettaient les enfants dans le cylindre et tournaient celui-ci pour que l'enfant accède à l'édifice (église, couvent) puis sonnaient une cloche afin d'avertir les personnes à l'intérieur. Apparues en France vers 1700, les tours d'abandon ont été généralisées par le décret du 19 janvier 1811.

Elles ont été supprimées en 1863 et remplacées par les bureaux d'admissions.

Au Lude, rue des Mortes-Œuvres dans une annexe de l'ancien hôpital, on peut encore voir la porte par laquelle les enfants abandonnés étaient déposés : une porte côté rue et une autre à l'intérieur, avec entre les deux, un espace dans le mur pour déposer l'enfant. Ce système simplifié de « tour » a été mis en place au début du XIXe siècle quand l'hospice-orphelinat de la Miséricorde est devenu le seul « hôpital » de la ville.

L'enfant déposé était enregistré à la mairie, on lui donnait un nom et un prénom. Il était ensuite conduit au Mans à l'hospice des enfants trouvés puis placé en nourrice.».

« …Dans les pays anglophones, le tour d'abandon s'appelle *baby hatch* (« guichet pour bébé », anciennement *foundling wheel*, soit « roue de l'enfant trouvé »), dans les pays germanophones « *Babyklappe* » (« guichet pour bébé ») ou *Babyfenster* (« fenêtre pour bébé »), en Italie *culle per la vita* (« berceau pour la vie »), au Japon こうのとりのゆりかご (« berceau de la cigogne ») ou 赤ちゃんポスト (« *boîte à bébé* ») ».

C'est ainsi que je suis devenu ce qu'on appelle dans ce jargon de fin de siècle, un enfant tourniquet, ainsi que des années plus tard, j'ai pris à mon compte ce sobriquet pour en faire une particule « M.T.A », ainsi que je remercie mes géniteurs car en m'abandonnant à mon sort, ils ne m'ont rien donné d'autre que la vie et dès lors, j'ai pu tout inventer.

M.T.A

».

Un enfant tourniquet, sans dieu ni maître. Rien que ça ! Bravo l'épilogue de vie... à la hauteur d'un incipit de compétition. Et pourtant, ça fait des années que tu sais que c'est faux, que tu bottes en touche, qu'on te la réclame à cor et à cri cette histoire. Oui, la tienne, justement, pas cette fable à deux balles. Et cette fois, je ne te laisserai pas faire, je ne me tairai plus, je suis là, entre tes lignes et j'y resterai jusqu'à ce que tu accouches, que tu redeviennes cet enfant que tu as fui, que tu as préféré laisser dans l'ombre, en t'abritant sous les enfants des autres.

Jusqu'à ce que tu renaisses enfin et qu'on reprenne tout depuis le début. Renaitre jusqu'à mourir, dignement.

Matthias

Ton histoire ou la mienne, mais quelle importance, tu n'as toujours rien compris, tu es là avec moi, depuis la genèse et tu réclames encore et encore la première place, chiard capricieux que tu es. Ne t'ai-je pas mille fois réhabilité depuis ?

Sais-tu à quoi on reconnaît un écrivain ? Un extraordinaire écrivain ?

Le sais-tu seulement monsieur le grand bavard, donneur de leçons ?

Eh bien ! Au silence. Rien de moins.

Au silence.

Le sien d'abord qu'il accorde au monde pour s'effacer et s'offrir entièrement à lui, en s'oubliant totalement.

Et aussi, surtout, à cette autre qualité de silence qu'il laisse en toi une fois son livre terminé, ce grand blanc habité par ses seuls mots, cette espèce de rupture de temps, de ton, d'énergie.

Si tu ne dis pas qu'il y a eu un avant et un après, oublie l'auteur, il fait partie de la marée basse et toi, ton âme, celle du monde a besoin de naviguer en haute voile, dans le grand bleu des possibles là où tout résonne, fait écho, appelle à la réflexion.

Tu le sauras à la seconde même où tu voudras ralentir ta lecture, ne pas perdre une miette de chaque mot, retarder le moment final, ne pas finir l'histoire.

Tu le sauras à ta façon de vouloir te blottir contre quelque chose ou quelqu'un sitôt dépossédé de l'ouvrage, à ton regard vague, à ton souffle court, à cette absence de toi comme une infime partie restée coincée entre les lignes, à la musique que cela t'aura inspiré.

A tes battements de cœur, des jours, des semaines, des mois et même des années après quand tu en reparleras, à cette impossibilité de l'oublier.

Au nombre de fois que tu auras envie de le partager, en même temps que de le garder pour toi, et à ce choix que tu feras ou non d'en exposer la profondeur avec un interlocuteur que tu penseras digne et probe, à la hauteur.

Il y a tellement de charlatans, d'opportunistes, de vains écrits.

Tu sais, un bon écrivain c'est comme un bon boulanger, rare, très rare.

Beaucoup sont à la ligne de départ, une poignée seulement par siècle arrivera en bout de course. Il ne suffit pas que d'une recette, d'un savant mélange, de bons ingrédients.

La base unique, irremplaçable, nécessaire, c'est toi, rien de ce que tu es ou de ce tu as cru apprendre mais bien toi, nu, aussi vierge qu'un nouveau-né, prêt à recevoir l'autre, à l'habiter, à lui faire confiance, à te jeter dans ses bras, sans filet.

Et aucune, je dis bien aucune, obligation de résultat.

Oublie toutes ces fausses publicités de *master class* aux egos surdimensionnés, ces ateliers laborieux, ces scribes de foire aux livres et ces fascicules d'apprentissage honteux qui font du verbe une marchandise.

Personne, jamais, ne t'apprendra à écrire. Personne sauf toi, chaque jour à ta table.

Que tu sois publié ou pas n'y changera rien, le monde croule sous la médiocrité de cette piètre littérature qui empeste le marketing. Démarque-toi, crée ta propre langue, ton style, ta musique, ton univers et laisse les lecteurs venir à toi, eux ne se trompent pas. Même s'ils lisent facilement tout ce qu'on leur étale sans vergogne par milliers en tête de gondole, ils t'espèrent et ne sont pas dupes. Ils savent que leur salut est ailleurs, en devenir, sur le chemin. Ils te cherchent, ils te veulent et ils sauront te trouver.

L'autre

Enorme cette faculté que tu as de ne pas répondre, de digresser à tour de bras, d'aller sur ton chemin en faisant croire que tu n'entends rien de ce que je te dis. Tu crois doubler qui, à part toi ? Tu crois fuir qui ?

Pas moi quand même !

Comme si moi, je ne savais pas ce qu'il en coûte de vouloir créer, comme si je n'avais rien vu, rien senti toutes ces années, comme si je n'étais pas aux premières loges.

Ah çà !, c'est sûr, tu n'as pas eu les mains calleuses, le dos ou les reins usés, le corps noué de douleur, les veines saillantes et la nuque brisée mais à l'intérieur, putain, à l'intérieur, j'ai tout pris dans la face et tu le sais bien.

Combien de fois t'es-tu déchiqueté l'âme à tenter de sauver celle des autres ?

Et pourquoi, pour qui ?

Pour rien.

Rien que des mots vains, dérisoires, absurdes pour un monde qui l'est tout autant.

Et les tripes à nu, toujours, sans filtre, sans armure, données en pâture à tous les vents de ta soi-disant inspiration, obnubilé par les autres, rien que les autres, toujours les autres.

Foutus personnages de pacotille !

Tuant notre essence à tous les deux, l'étouffant, la reniant.

Mais ce soir et demain, jusqu'à la fin, tu n'as plus le choix, je suis revenu au moment où tu es à terre, malade, décharné, le plus vulnérable, c'est vrai, il fallait ça pour briser tes remparts.

J'ai attendu toutes ces années, ta carapace était solide, l'alliage performant mais c'est fini, je suis là et je ne partirai pas.

Tu me le dois.

Matthias

Mais bon sang, tout ce temps sans comprendre, tu me désespères. Ton histoire, mon histoire n'intéresse personne, même aujourd'hui, même à la fin.

Qu'importe de qui ou quoi nous sommes nés tous les deux, ce qui nous a fait ou défait. Si je t'avais raconté, ça m'aurait pris cent pages, deux cents peut-être et alors ? Cela n'aurait rien changé. Aujourd'hui encore, tu serais là à vagir le droit à prendre la parole et à t'immiscer dans chaque fiction que j'aurais écrite.

Et pourquoi ?

Pour ressasser, sous une forme ou une autre, d'une façon ou d'une autre, une seule et même romance, la tienne, en tournant en rond comme un hamster dans sa cage, sans jamais en sortir, comme si c'était là le récit du siècle à partir duquel tout s'écrit, comme le font tous ces vendeurs d'ego qui se prennent pour le nombril du monde.

Alors oui j'ai préféré botter en touche, inventer notre passé, en dire le moins possible, me concentrer sur tous les autres personnages, tellement plus intéressants, c'est ainsi que j'ai pu écrire autant de livres et avoir la bibliographie que tu connais.

Tu l'as compris, ça, au moins, que je n'aurais rien pu faire d'autre. Je n'ai pas choisi, je suis né ainsi pour écrire tout ce qui m'a été soufflé, insufflé, transmis, retransmis, que sais-je, tout ce qu'on m'a raconté, en rêve, en réalité, par je ne sais quels canaux obscurs.

Toutes ces vies au détriment de la mienne, de la nôtre, merde, ne me dis pas que ça ne valait pas le coup ? Tu le sais, tu ne m'aurais pas laissé faire sinon. Tu aurais pris la parole plus tôt, toi et moi, nous ne sommes rien d'autres que des passeurs d'histoires, nés pour écrire comme tant d'autres pour construire des maisons ou aligner des boites de conserve sur une étagère.

Et c'est ni bien ni plus ni mieux. C'est. Sans jugement.

Crois-tu que j'ai décidé quoi que ce soit ?

Qu'une seule fois, j'ai eu, ne serait-ce que l'impression de maitriser quoi que ce soit ?

Ne penses-tu pas que la littérature vaut bien ça, qu'elle dépasse allégrement nos petites personnes ? Je parle ici de littérature, celle qui nomme l'homme, l'histoire ou l'humanité avec un grand H, sans se poser la question de la pertinence, sans se comparer aux génies antérieurs, sans croire que ça puisse devenir important, quand bien même, ça l'est.

Juste faire de son mieux. Ecrire. Comme un boulanger à sa tâche, les mains dans le pétrin. Viscéralement. Chaque aube d'un nouveau jour.

L'autre

Bravo, là, j'applaudis, quelle démonstration magistrale ! Quelle pudeur ! Quel homme au grand cœur ! Qui a sacrifié sa vie, son passé, son histoire à celle de ses semblables.

Du grand génie ! Du pur génie !

N'empêche que tu vas mourir, que tu essaies d'écrire ton dernier roman et que la seule voix qui fasse encore écho à la tienne, dès la fin du premier chapitre, c'est la mienne. Toutes ces années en sourdine et d'un seul coup, la voilà qui va, vient, ne te lâche pas.

Tu crois que ça veut dire quoi, Matt ?

Que j'en suis encore à vouloir jouer les martyrs, les victimes incomprises ou au contraire, les bourreaux ?

Oserais-tu penser que je te prends en otage ?

Pendant quarante ans, tu as tellement bien écouté toutes les voix de tes personnages, pourquoi pas la mienne, la tienne, pour une fois. Pourquoi te refuser à nous ?

Parce que tu connais l'histoire ?

Parce qu'elle t'indispose, te répugne, te révolte, t'indiffère ?

Ou parce qu'à la toute fin, elle te rattrape et que tu penses encore pouvoir t'enfuir.

Après avoir dilué ta propre parole dans celle des autres, je te réclame une exclusivité que tu es bien en peine d'offrir.

Serais-tu lâche, Matt ?

Tu as si bien parlé au nom de tous, si bien décrit les travers, les noirceurs, les profondeurs, les tourments et les noblesses du monde, qu'est-ce qui te retient d'en faire autant ? D'oser franchir ce pas que tu t'es octroyé pour d'autres ? Sans vergogne parfois, sans demander aucune permission parce qu'ainsi vont la création et la sainte littérature.

Allons, Matt, ne me dis pas que tu as peur ?

Matthias

La raison d'écrire pour un auteur est multiple et souvent indissociable de sa volonté propre, elle existe en partie dominante, pour et par lui seul, comme une exigence innée à sa mission de vie, un contrat envers lui-même, et le seul exutoire possible afin de pouvoir ancrer sa réflexion imaginaire dans le réel.

Que ses écrits, par la suite, trouvent un écho auprès d'un lectorat, ne lui appartient pas ; les mots posés puis offerts sont, à l'instant d'être imprimés sur la feuille, libres de leur voyage.

Qu'il ait répondu à un besoin, une question, un projet, un événement traumatique ou un dessein plus confidentiel, importe peu, il y avait matière, il l'a façonnée.

Ses ressorts sont plus ou moins toujours les mêmes, l'attente d'une mise en mots qui permet d'appréhender sa condition, ses peurs, ses conflits, ses attentes de la manière la plus libératrice qui soit pour lui.

L'important est qu'il fasse ce pour quoi il se sent appelé, quels que soient le genre, la source, le résultat.

Il laisse trace comme tout autre artiste d'une forme de pensée et témoigne d'une époque, donne à réfléchir sur son implication.

A la toute fin, c'est le lecteur qui en fera commerce et lui donnera sa légitimité, en s'appropriant la cohérence d'un auteur, il tente ainsi d'ordonner son propre chaos.

Après les nourritures terrestres, l'art assouvit une pulsion ancestrale de dominer le monde, l'espace d'un instant, en créant une bulle qui le soulage, le fasse rire ou rêver ou se rebeller.

En un mot, qui le fasse Exister, ici et maintenant. En maitrisant sa pulsion créatrice, dans un récit à partager, l'artiste élève l'homme au-dessus de sa survie primordiale. Il le conforte dans des pensées qu'il ne peut envisager seul ou contraindre à sa seule expression.

Aucun contexte n'a jamais empêché la parole d'être libérée. Retardée, contrainte, asservie, contestée, brimée, enfermée, limitée, oui mais jamais longtemps.

L'auteur n'est jamais dissocié de son environnement, il puise au-dedans, s'en nourrit. C'est tout autant un témoin, un passeur, un cajoleur, qu'un questionneur.

Aussi omniscient qu'impuissant, il est comme une plume d'oiseau, qui balaie l'espace entre deux rives et tente de dessiner un pont qui servira à la traversée des possibles.

Dire, proclamer, s'insurger, dialoguer est une valse intérieur/extérieur consubstantielle au métier d'écrivain. Un besoin interne qui trouve sa réponse dans une question externe et vice versa, d'ailleurs ! Pour le plus grand plaisir d'une humanité en soif de devenir et ce, quiconque ou quoi que ce soit ayant pu contrarier sa trajectoire.

L'autre

Matt, Matt, tu te rabâches, ça en devient insultant, pitoyable même. Je t'ai déjà vu écrire cela. Articles, interviews, essais… C'est vraiment ce que tu veux laisser de toi en guise de chant du cygne ?

Du blabla poussif d'artistes en fin de vie, donateur de saintes paroles alors qu'il serait si simple de juste dire la vérité, en reprenant tout depuis le début.

Ta jeunesse à Saint Sornin par exemple.

Ce n'est quand même pas banal d'avoir été élevé moitié dans une ferme de 25 hectares, moitié dans ce qu'il reste de la plus petite prison de France. Deux mètres carrés de pierre froide, une lucarne comme un dé à coudre et un gouffre de solitude abyssal. On peut encore la visiter, en l'état, érigée au titre de patrimoine rural, en plein centre du village.

Longtemps utilisée comme cellule de dégrisement jusque dans les années 50, elle a aussi, sans que personne ne le sache jamais, servi de lieu d'expiation pour le petit Matthias. N'est-ce pas que tu t'en souviens et que peut-être, tout a commencé là ?

Ça a dû t'en laisser du temps pour cogiter, inventer, refaire l'histoire, de croupir, raide de froid, dans ce cachot où ta mère te balançait à tour de bras, pour un oui pour un non. Le plus souvent à la nuit tombée, un bâillon sur la bouche jusqu'aux petites heures du matin, sans eau, ni pain, ni quoi que ce soit, pas même de mauvais coups qui auraient laissé des traces.

Juste ce rejet de toi, cette mise à mort quand tu avais fait une bêtise ou même pas, quand tu étais là et que cela seul suffisait à l'offenser. Le père parti, c'est sur toi que sa colère a pris corps, tu n'as jamais su pourquoi mais ce qui est sûr c'est que tout a débuté cette nuit-là et toutes les autres nuits pendant presque sept années, jusqu'à tes douze ans.

De cette période, évidemment, tu as tout oublié, moi y compris, c'était une question de survie, je ne t'en veux même pas.

Tu as tout oublié et tu as commencé à te raconter des histoires, inventer des personnages.

N'est-ce pas, Matt ?

N'est-ce pas ?

S'il te plait, peux-tu enfin y consentir ?

1

Des heures à fixer la lucarne, à ne rien regarder d'autre, ce sillon horizontal certes trop étroit pour y faufiler un enfant de cinq ans, déjà trop épais, trop lourd, trop grand mais une trouée quand même, bien visible, comme un possible, une certitude : il existe un dehors, un ailleurs, un horizon, l'enfant le sait, il en vient et y retournera, tôt ou tard, suffit de ne pas lâcher des yeux l'interstice, y déverser ses prières, la foi qu'un miracle adviendra, sa survie en dépend, ne pas cligner des yeux, scruter sans relâche cette minuscule percée et attendre des heures durant, à devenir fou puisque son corps n'est pas libre et même il a faim, froid, chaud, soif comme c'est souvent au début et qu'il gémit, tremble, se rebelle et pourtant s'il ne déroge pas à sa posture, si toutes ses incantations filent au travers de ce filet d'air, il le sait, alors il vaincra et à un moment

41

donné, il ne sera plus là, ni lui ni sa terreur ceinte de toute part dans cette forteresse gelée, à un moment donné, il sera autre, ailleurs, et même totalement libre, revenu dans son lit ou bien dans la cour d'école ou encore au bord de la Seudre, en tout cas, quelque part où la vie aura repris son cours normal, il lui suffit pour cela de ne plus bouger et de se sentir au-delà, hors contexte, par-delà ce rai de lumière, voir jusqu'à tout imaginer, à l'inverse de la réalité, les yeux dans le vague, le corps devenu flottant, jusqu'à ne plus rien posséder d'autre que l'énergie de l'air et la volonté d'une plume d'oiseau.

Matthias

Ecrire, au fond, écrire, comme de chanter, peindre, sculpter, dessiner, n'est-ce pas extraire d'un titanesque silence tous les maux de la vie pour tenter d'apercevoir ce qui noue et dénoue les plis d'une âme, oser s'en faire l'écho et pour l'écrivain, croire pouvoir dessiner en une phrase comme en mille, tout ce qui peut l'être.

C'est croire à un possible langage qui pourrait donner sens et entasser après chaque majuscule un ubuesque espoir.

C'est envisager de trahir mille fois l'alchimie jusqu'à sentir pousser la fleur sauvage hors de soi.

C'est réinventer à chaque fois tout ce qui ne suffit pas à faire taire les désespoirs.

C'est, avec arrogance, spolier l'indicible, vampiriser le beau, jalouser l'infini, ces espaces qui nous échappent à mesure qu'on essaie de les vaincre.

C'est réconforter l'enfant pris au piège de ses premiers balbutiements, égayer une déconcertante naïveté, tenter de créer un arc-en-ciel dans la grande nuit de l'humanité parce qu'un jour, dans un visage ou une aube, un événement ou une question nous a été posée et que de la réponse, dépend peut-être un début d'apaisement.

Etre écrivain, c'est écrire tout cela sans se laisser distraire, avec acharnement, jusqu'à prendre répit.

C'est patienter longtemps sur le bord du chemin et d'un coup se mettre à marcher, c'est fatiguer une errance qui aurait pu l'ensevelir, c'est mettre dans le vaste chaudron du vouloir autant de bonnes raisons que de sordides ambitions.

C'est s'octroyer une pause de la vérité crue et se remettre à respirer.

C'est ne plus savoir faire autrement, comme un cadeau que l'on reçoit et que l'on se doit de transmettre.

C'est, au terme de centaines d'heures, accoucher d'une phrase qui enfin comblerait un vide comme de s'asseoir au sommet d'une montagne et de croire toucher les étoiles.

C'est faire usage du mot bonheur en tentant de savoir à quoi ou à qui il ressemble.

C'est donner à chacune des vingt-six lettres le pouvoir de relier des milliers d'âmes, leur donner rendez-vous et saluer leur courage.

C'est vivre en sachant qu'on n'aurait jamais rien pu faire de mieux ou de plus.

L'autre

Oui, Matt, écrire, le monde entier a bien compris cela, au moins jusqu'à ta mort. Mais écrire ne fut pas le plus dur, Matt, soyons sérieux une minute. N'est-ce pas plutôt ce qu'il t'a fallu vivre, endurer, oublier pour pouvoir écrire.

Cinq ans d'un bonheur relatif, puis sept ans de cachot, d'isolement, de rejet, de brimades et enfin, le suicide de ta mère à l'âge de douze ans, à la poutre de la grange, à deux pas des bêtes, ratatinées dans leur enclos comme si les sept vaches avaient compris, senti, perçu et les poules et le coq et les lapins au fond de leur clapier, un drôle de silence troué de gémissements plaintifs.

Son corps en bout de corde, blanc, nu, immobile, le visage convulsé, les yeux exorbités, la langue mordue au sang, le tambourinage de ses pieds juste avant la fin et cet écoulement visqueux entre les jambes.

Six minutes vingt-deux d'agonie, tu les as vus défiler les secondes, chacune dans un délitement spécifique de la chair. Tu étais là, tu l'as vu agir, tu n'as rien empêché, tu es resté debout, stoïque, le regard fier et droit, sans pleurer, sans crier, les poings serrés, la mâchoire bloquée, le visage blême toutefois, impressionné, choqué autant que fasciné.

Tu n'as pas bougé, pas levé un doigt même quand il a fallu prévenir les secours, tu l'as laissée en l'état, tu t'es retourné, tu as pris ton vélo, pédalé jusqu'au village et tu les as regardés faire, descendre son cadavre, sans un mot, jamais.

Ni ce jour ni plus tard.

Si ce n'est au travers de tes personnages, ah çà !, oui, tes personnages ! Ce qu'ils ont eu à dire, à raconter. Hommes, femmes, enfants et même les bêtes. Cette violence des faits et leurs répercussions mille fois diluées, écrites, réécrites, romancées.

2

L'œil de l'animal est figé, la pupille délavée au travers de grands cils noirs perlés d'humidité, un frisson lui parcourt l'échine et pourtant elle reste plantée là, comme en attente, Matthias se souvient, sa mère d'un côté, les bêtes de l'autre, Pâquerette en détachement et ce foutu regard comme si elle avait compris, à sa façon et lui aussi ; ce n'est pas la première fois qu'il voit une vache pleurer, sa vache, née à la ferme en même temps que lui, élevés ensemble, maintes fois câlinée, le soin de la mère envers les bêtes plus qu'à lui-même et d'un seul coup le silence, la mort, l'odeur de la mort partout, le regard de l'animal qui ne quitte pas le corps qui a cessé de balancer, Matthias en a le souffle coupé de ne pas vouloir croire cela, qu'une vache puisse gémir devant une trépassée, il le sait pourtant, elle a déjà eu ce comportement, à chaque fois, à la séparation d'avec son veau, la chair de sa chair mais là, devant lui et sa mère, c'est autre chose ; pressent-elle la fin d'un règne, d'une vie, du monde, sidérée comme Matthias l'est, il en mettrait sa main à couper et pourtant, il ne va pas vers elle, pas plus qu'il n'ira vers sa mère, ce mouvement-là demanderait trop de pitié ou d'amour ou de compassion, il n'en est plus capable, ses réserves sont épuisées, et puis bientôt on dira de lui qu'il est orphelin, Pâquerette sera vendue ainsi que la ferme et les autres bêtes, alors, il n'aura plus de passé, seulement un avenir et ce regard immobile comme ultime trajectoire.

Matthias

Ecrire c'est vivre pour et avec ses personnages. Pour un temps ? Pour toujours ? Qui sait !

Ils peuvent être si tyranniques, autoritaires, voraces, lunatiques et parfois même, cruels, parfois posés là à nous attendre, parfois bien au-delà de l'histoire à ricaner de nous voir laborieusement arrivé jusqu'à eux.

Avec la question posée : qui d'eux ou de l'écrivain est esclave de l'autre. Assujetti ? En besoin ? En manque ?

Du prologue à l'épilogue, il y a un tel flux de voix intérieures que personne ne jurerait qu'elles viennent de l'un ou de l'autre.

La seule certitude, et encore - oserai-je l'affirmer réellement - c'est que ce n'est jamais l'écrivain qui les crée mais bien eux qui s'invitent, le plus souvent, sans crier gare. Peut-être même sont-ils là, tapis depuis la genèse, à attendre que vienne leur tour, comme des doubles maléfiques ou une facette inexplorée de sa personnalité. Est-ce que cela fait de l'auteur leur géniteur ou est-ce l'inverse ? Il me semble qu'il accouche d'eux une part manquante à son identité qui ne supporte pas l'omniscience d'une voix sur une autre.

Réels ou fictifs, la question ne se pose jamais dès lors qu'ils ont investi son corps et pris toute la place. Ils sont lui, lui est eux, ils ne font qu'un, mi réel mi fictif, comme une troisième entité fusionnée à partir des deux autres. Ils habitent ensemble dans chaque espace de vie qu'ils se créent dont ils disposent à l'instant de devoir dire.

Plus tard, le mot fin apposé au récit, ils se quittent expressément et s'en vont rejoindre les têtes d'un lectorat qui aura le malheur de lui faire une place. Il y a entre eux une telle infidélité dès lors que les voix se taisent qu'il serait avisé un jour, de savoir qui, des uns ou de l'écrivain, aurait à demander pardon pour son inconstance. Ces « vauriens » ne l'habitent déjà plus qu'ils s'en vont hanter ailleurs qui les écoutera.

Ils sont tout à la fois des « êtres d'un genre nouveau », des « êtres fictifs pour mieux se connaitre », des « alter ego pour devenir autre », des « porte-parole » et très certainement, des « suceurs de moelle qui s'enfantent eux-mêmes » pour mieux manipuler le romancier quitte à devenir fou, à ne plus faire la différence, soi, les autres, ses personnages, une seule grande et même histoire, de l'humanité, ressassée depuis la nuit des temps.

Il faut pourtant croire à la force des personnages, ce sont eux les chefs d'orchestre, eux qui nous choisissent, qui viennent à nous, en nous et nous forcent à raconter. Un matin, ou une nuit, alors même que nous étions occupés à autre chose, ils viennent et ne repartent pas. Jusqu'à la fin ils restent là. J'en ai déjà vu ne jamais renoncer, s'accrocher encore des années après, devenus leur autre, indissociable, pas seulement le temps d'une histoire mais celle d'une vie. La sienne, la mienne, la nôtre.

Voilà, aussi, ce qui peut arriver.

L'autre

Tu continues de feindre, Matt, ne crois pas que je sois dupe, tout entier à ta parade de mots, à tes poncifs, à la haute idée que tu te fais de l'écriture mais en attendant, tu me laisses parler et c'est bien la première fois.

Je m'en réjouis, Matt, aucun protagoniste extérieur pour entraver mon récit, non que ce que j'ai à dire soit d'une grande originalité mais il est bon de quitter l'existence le ventre vide, l'esprit au clair, le cœur allégé.

M'as-tu gardé pour la fin ? Le fais-tu exprès ? Ou es-tu simplement inconscient ? Piégé dans ton déni ? Broyé définitivement par tes traumatismes ?

Suis-je ton dernier personnage, Matt ? Le seul vraiment existant, encore présent, à tes côtés, depuis toutes ces années, à estimer opportun, judicieux, légitime même que tu écrives ce dernier livre, comme un aveu, une réhabilitation de la vérité.

Je vois bien que tu sues eau et larmes, tout intérieures bien entendu, à tenter de maitriser ce qu'il se passe, je me fraie un passage mais je vois bien qu'il est étroit, hérissé d'injonctions et de fuite, de mots vains. Encore et encore.

Tu souffres Matt, je le sais, je le ressens, pour la première fois j'émerge de toi et notre souffrance se mélange, la mienne se déverse en mots simples, crus mais vrais. Tu vois, je n'en fais pas des tonnes, juste je raconte, la première histoire qui t'est arrivée, un livre à la hauteur de qui tu es, non de ce que tu as voulu paraitre.

Tu gagnerais en légitimité pour tous les précédents, ne penses-tu pas ? Pourquoi continuer de parader en verbiage inutile ?

Pourquoi nous refuser ce dernier exploit ?

Matthias

L'exploit, petit con, fut d'être heureux, simplement heureux, toutes ces années, au-delà de tout ce qui m'est arrivé et de toi, gisant en mon centre.

J'ai transformé notre matière, j'en ai fait de l'art, sans m'appauvrir jamais, sans me plaindre, sans emmerder personne avec mon petit moi vagissant.

Heureusement que je ne t'ai pas écouté et que je t'ai endormi avec toutes mes balivernes, avec ces millions de mots déversés sur nos souvenirs.

Aurais-tu pu aimer sinon, dormir, rêver, rire comme tu l'as fait ?

Crois-moi, l'écriture m'a rendu heureux, très heureux même, parfois à la limite du supportable, comme un orgasme sans fin et toi aussi, par ricochet car c'est ainsi que tu as pu te tenir tranquille, ne rien réclamer, et arrêter de chialer.

Parfois, souvent, presque toujours, écrire c'est mettre au monde l'insoupçonnable, c'est incarner ce qui n'aurait jamais dû être, c'est donner matière à l'inconscient et cela a suffi à ce que je me redresse et toi aussi, alors, s'il te plait, fous-moi la paix.

Ton histoire, notre histoire ne vaut pas tripette, le monde en dégueule et de bien pires que ça. T'es rien qu'un gosse qui ne veut pas grandir, qui réclame justice, qui croit encore que ça existe. Alors que toute l'histoire du monde en témoigne, la justice c'est un leurre. La vie, en vrai, c'est dégueulasse. Aussi, je te le répète, s'il te plait, laisse-moi continuer de la rêver.

Au moins une fois par jour, croiser dans le regard du ciel un possible horizon. Boire sa lumière, redessiner ses nuages, percer le cœur de son chien-loup. Ou alors, marcher jusqu'au bout du parc pour toucher l'écorce de l'arbre, celui qu'on a soi-même planté et vu grandir, et sentir dans le jour déclinant le parfum de la nuit, d'un souffle d'air, voir frémir une feuille, une herbe, un chant d'oiseau ou bien monter en haut de la colline car l'on connait la bienveillance du chêne qui accueillera notre paresse, s'asseoir et attendre, les cloches hurlantes de midi, les premières gouttes de pluie ou un soleil ardent qui précipitera le départ. Redescendre par le bois du Trianon où dorment depuis des siècles fantômes et légendes, savoir que le village s'en détourne par d'autres chemins, croiser une source, épier son clapotis, espérer un banc de poissons miraculés ou un cygne ou même un ragondin, un frémissement de preuve que quelqu'un s'abreuve encore à la source, que rien n'est tari, pas encore, pas demain, qu'il reste une chance à la vie d'ensemencer la terre.

Au moins une fois par jour y fouler mes pas et revenir rassasié, inspiré, vivifié, rassuré et sans trop oser le dire, dans un murmure, glisser les mots sur la feuille et chuchoter à mes lecteurs, que l'inspiration nait ici, dans le silence de mes pas, le corps distendu entre ciel et terre, nourri de cet entre-deux où se cache la pensée, celle qui flotte et vole et tourbillonne à mesure du chemin, libre de se frayer un avenir dans un mot, une phrase, un paragraphe et les jours de très beau temps, dans un chapitre entier.

Renoncer aux jours de pluie qui mouillent la page, mots perdus, cadenassés, coincés entre quatre murs, définitivement inconsolés. Préférer l'âtre d'une cheminée, le moelleux d'un sofa, l'arôme corsé d'un breuvage chaud et une kyrielle de mignardises. Se prélasser sans amertume et découvrir les mots des autres, lire tous ceux qui m'ont échappé mais qu'eux, en d'autres circonstances, ont pu sauver, savoir que c'est bien ainsi, peut-être mieux, que demain reviendra, volets grands ouverts sur un ciel dégagé, qu'il sera encore temps de prendre son panier et d'aller cueillir une nouvelle floraison.

Au moins une fois par jour, être dans le giron du monde, là où nait toute chose.

Ecrire pour pouvoir respirer.

L'autre

Respirer, c'est exactement ça, Matt, respirer de nouveau, une fois ta mère mise en terre, sauvé de ses châtiments, de sa violence et de sa folie, tu as recommencé à respirer.

Ton père qui n'est pas réapparu, ni à ce moment-là ni jamais, il a bien fallu te trouver des substituts, entre foyers et familles d'accueil, ton corps a continué de grandir mais le mal était fait, au dedans de toi.

D'un coup je n'ai plus existé.

Le petit Matthias est mort ce jour-là, définitivement jeté aux oubliettes, abandonné au fond du cachot, cadenassé, contraint au silence.

Alors tu es devenu autre, un autre, ton propre hôte, une espèce d'adolescent sauvage, quasi muet, indocile que rien ni personne ne devait ni ne pouvait plus enfermer où que ce soit.

Ton imagination a pris le relais des souvenirs, les a tenus à distance et tu t'es mis à entendre des voix, tous ces autres qui t'ont soi-disant inspiré, traversé, auxquels tu as donné vie, nommant de leurs prénoms chacun de tes romans.

82 ouvrages, 82 titres, 82 prénoms.

Toi l'homme nullipare, tu as fini par enfanter pas moins de 770 enfants, si l'on additionne tous les protagonistes que tu as créés et inséminés partout dans tes textes.

Et tout ça pour quoi ?

Pour qui ?

Pour la voix d'un seul que tu n'as jamais voulu entendre, cet autre plus intime, plus secret, toujours vivant qui dormait en toi tel un cauchemar, qui se réveille à présent et te réclame la paternité de tout ce que tu lui as volé.

Matthias

Ah la bonne blague, si tout le monde venait me réclamer son dû, je n'aurais pas assez de l'éternité pour payer ma dette. Toi et tous les autres avez servi ma cause et c'est tant mieux.

Qu'aurais-je fait d'une seule histoire quand j'avais à disposition toutes celles de mes contemporains pour m'empêcher de me souvenir, bien sûr que je t'ai fait disparaitre, personne n'aurait pu survivre à un tel traitement sans devenir fou.

Imagine, toutes ces heures obscures, rongées par l'humidité, la nuit, les hurlements du vent et les fantômes qui sortaient d'entre les pierres de ma geôle, se jetant sur moi, m'ensevelissant et ricanant froidement.

Cette femme sans âge, âpre et laide de douleur, humiliée d'avoir été quittée, cherchant dans mon regard, jusqu'à la dernière minute, ce don de Dieu qui lui avait été offert et qu'elle n'avait pas su prendre, l'ironie de porter le nom d'un saint comme offrande du divin et d'en devenir le martyr.

Tu sais, certains sont devenus serial killer pour bien moins que ça, bien des faits le prouvent.

Ne vois-tu pas ce à quoi tu as échappé ?

Tu viens me harceler alors que je suis au bout de toutes mes nuits, à bout de cette force qui m'a tenu debout, qui nous a tenus debout, devrais-je dire. Qui t'a protégé, tenu à distance et tu oses vouloir me faire revivre l'enfer dont je nous ai sauvés.

Ce jour-là et tous les autres après. Combien de fois ai-je dû intervenir pour te bâillonner, t'empêcher de parler, de geindre, et surtout pour t'empêcher de te venger ? C'est qu'il m'a fallu du temps pour te maitriser et trouver la parade.

Non, ce n'est pas la première fois que tu reviens me hanter mais oui, c'est la dernière et tu as raison, je vais te laisser vider ton fiel, à présent, ça ne compte plus, quoi que tu dises ou croies révéler, mon œuvre est plus importante que tout ce que tu voudras en dire.

Entre les histoires que je me racontais petit et celles que j'ai développées pendant près de quarante ans, il n'y a qu'une vérité à retenir : grâce à elles, j'ai survécu.

Je ne me suis jamais laissé déborder par toi, ni par mes atavismes, ni par tous ces autres qui, en souffrance, exigeaient de moi que la fiction devienne réalité.

L'autre

Tu oublies Basile, Matt.

Basile et S. et tous les autres. Il faudra bien qu'on en parle.

Tu peux te mentir, vouloir oublier, croire même y être arrivé mais pas moi, Matt.

Pas moi.

J'étais là, je suis là, depuis toujours, en première ligne, aux origines et jusqu'à la fin, la part vraie en toi que rien ne peut dissoudre, ni la cruauté de la vie ni les rouages de l'hypocrisie.

C'est le propre de l'enfant intérieur que d'exister au-delà ou devrais-je dire en deçà de l'adulte extérieur, quoi que l'on oblige à se taire, à disparaitre, à faire croire qu'il n'existe pas, il est, demeure, ne cesse de vivre.

Tu peux feindre de l'avoir maitrisé, et c'est vrai, je te l'accorde, si tu m'avais laissé faire, tu serais encore en prison, mais tu ne l'as pas tué, jamais.

J'ai résisté à toutes tes fantaisies, tes créations, j'ai attendu.

A ce jour, je demeure le seul être capable de vérité et si je dois te laisser écrire ce dernier roman, truffé de ta légende et de tes roublardises, je le ferai mais je ne me tairai pas, j'intercéderai

L'enfant tourniquet en a fini de ses tours de piste. Encore un livre, une renaissance et ça en sera fini. Au fond, la vie, la mort, ce n'est peut-être que cela. Des tas de renaissances.

Alors ne te gêne pas, va et revis et reviens, encore une dernière fois, d'entre tes morts.

A une lettre près, d'entre tes mots, serait plus juste.

Parfois l'homme tente de sourire, rire est encore exclu mais sourire pourquoi pas, les jeux de mots ont toujours eu ce pouvoir sur lui, le détendre, embellir ses journées même si c'est un autre qui lui inspire, même si c'est le pire des autres.

Un rictus au coin des lèvres, voilà ses bras qui s'agitent et tout son corps réclame la verticalité, se sentir vivant, se lever, aller à sa table et se remettre à écrire, surtout ne pas laisser gagner les voix mortifères.

Une femme assiste à ces soubresauts. Elle tente de le rassurer, passe un linge froid sur son front, lui donne à boire, se lève, se rassoit, reste assise, en silence et presque simultanément, lisse un pli du drap, époussette un bout de couverture, tamponne l'oreille, écarte une poussière.

Des gestes simples, des intentions pures.

Selon l'heure et la température extérieure, elle ouvre la fenêtre, cherche le chant d'un oiseau, un souffle d'air, un bruit quelconque à opposer à l'immobilité de la pièce et à l'impuissance de sa présence.

Le temps échappe au vouloir, elle sait bien qu'il se joue de sa bonne volonté, être sans faire, c'est tout ce qu'elle peut, tout ce qu'elle a toujours pu. Entre ces quatre murs et quel que soit l'homme qu'on y a enfermé, être là et attendre. Que le présent reprenne le dessus et qu'un nouveau jour se lève. Cet homme-là, elle l'espère, saura y arriver, il ne peut en être autrement.

L'autre

Tu ne dis plus rien et même tu voudrais sourire, c'est encourageant et flippant aussi.

Tant de place d'un coup, pour moi tout seul, aussi longtemps, sans que tu veuilles me bâillonner, me contraindre, me remplacer, j'en aurais le vertige.

C'est une chose de réclamer, c'en est une autre de recevoir. Toutes ces années à espérer que tu m'écoutes, et voilà que les mots pourraient me manquer, presque je suis bluffé par ton silence, devant tant d'abandon. Tu ne vas pas mourir maintenant quand même ? Sans avoir livré bataille une dernière fois, sans un dernier round.

Tant que je devais me battre contre toi, mes mots se bousculaient pour sortir, maintenant que je sens la porte presque ouverte, c'est à peine si j'ose la pousser.

Essaies-tu de me donner une leçon ? De me prouver que raconter n'est pas si facile ? Qu'entre se frayer un passage et sauter dans le vide, il y a un cap qu'on appelle le talent, le courage, la foi, la folie ?

Qu'il me faut trouver ma langue, mon rythme, ma singularité sans m'accrocher à toi, presque en dehors de toi. Je te comprends, tu me mets à l'épreuve, c'est mesquin mais de bonne guerre mais tu sais je te connais bien Matt, alors je vais attendre. Que tu reprennes des forces, que tu veuilles te battre encore.

Et bientôt c'est toi qui me raconteras et enfin, c'est toi qui nous réhabiliteras.

Créer pour faire vivre, encore et encore, de toutes les manières possibles ce qui existe déjà mais qui, dans l'instant, fait défaut, impressionne, insurge, oblige à prendre de la hauteur.

À quoi bon exiger la création si le cœur n'y est pas, s'il ne bondit pas en dehors pour respirer un air neuf, si nos cinq sens restent en berne au lieu de déployer leur haut potentiel, si notre vue n'en est pas transcendée, notre odorat exalté, notre goût émerveillé, notre ouïe subjuguée et notre toucher littéralement caressé.

Si à l'issue de tout cela, notre 6ème sens ne s'éveille pas pour interpeller le 7ème, l'intuition au service du surmoi, passerelle entre notre petite conscience et l'univers tout entier, être percuté jusqu'à toucher enfin des hauteurs insoupçonnées. Je pourrais sans rougir citer des dizaines d'exemples de livres, films, musiques, peintures, spectacles qui ont tous, à un moment de ma vie, changé ma vision du monde, mes paradigmes intérieurs et redéfini mon avenir, mieux que des doudous adultes de substitution, ces objets de création ont su à des instants T calmer mes angoisses, apaiser mes craintes, éveiller ma curiosité, orienter ma guérison, dépasser mes *a priori*.

De tout temps, il est utile de rappeler que notre besoin de consolation est exponentiel et pourtant, pour apprendre à danser sous la pluie, encore faut-il avoir le droit de danser. Nous, les artistes, ne sommes que d'infimes et modestes suppléants.

Si nous dévoilons un itinéraire, une issue, si nous ouvrons une porte, si nous ajourons un mur, c'est bien aux autres de faire le reste du chemin.

L'autre

Parlons-en du chemin, Matt, parlons-en, de celui que tu as pris jusqu'à ta majorité, de cette petite frappe que tu es devenu, des paris fous, des coups foireux, des vols, des dégradations, des risques inconsidérés, ce canevas de petits délits qui a vu gonfler ton casier judiciaire comme on gave une oie avant de la sacrifier en se délectant par avance. Ces amis de galère, saturés de désespérance, prêts à bouffer le monde avec lesquels tu t'es lié. Ton grand copain Basile en premier. Aussi perdu que toi. Dont on avait retiré la garde à son oncle, de justesse, un soir où celui-ci avait failli l'immoler avec son chalumeau de cuisine.

Celui à même pas vingt balles, qui servait à allumer son barbecue et parfois ses cigarettes, quand avec les copains et un litre de whisky plus loin, il lui prenait l'envie de jouer avec le feu.

Le surnom de tête brulée que vous vous étiez donné parce qu'alors, de un an ton ainé, tout ce que faisait ou disait Basile te paraissait de la plus grande intelligence et importance.

Et que t'y associer, c'était la certitude de ne plus être seul, jamais.

Votre duo, à la démesure de vos ailes brisées, qui ne savaient plus voler, qui étaient tombées à terre, que vous deviez forcer à relever en prenant toujours plus de risques.

Toutes ces fois où vous escaladiez, à mains nues, sans harnais, de nuit, le pont transbordeur du Martrou.

Quatre pylônes métalliques hauts de 66,25 mètres, un tablier métallique de 175,50 mètres de long, culminant à 50 mètres au-dessus des plus hautes eaux de la Charente et ce que vous nommiez en rigolant *le saut de l'ange*.

Toutes ces fois où vous vous laissiez choir en hurlant et en riant, étourdis, frigorifiés, bleuis.

Toutes ces fois où tes larmes se mêlaient à la vase, aux algues et aux anguilles, noyant l'absurdité flagrante de vivre une existence qui vous avait déjà dépossédé de tout.

Cet ultime plongeon dont Basile est remonté assommé, le ventre gonflé d'eau, en manque de respiration.

Ton impuissance à le sauver, ton cri brisé, impossible à extérioriser et le mois qui s'en est suivi, couché sous ton lit, replié, mutique.

Ta décision d'en finir ou d'en découdre, tu ne savais pas alors, tout se mélangeait dans ta tête, son histoire, la tienne, celle du monde. On était en 1968, le monde se déchirait plus ou moins comme toujours depuis des siècles mais dans cet instant, cela semblait te concerner.

Tu passais des heures relié au poste de télévision du seul bistrot qui en possédait un à l'époque. « Le Barrage » à Saint Savinien. Le patron était un type bien, il savait ton histoire, elle avait couru les rues, avant même que tu aies fini de cracher une dernière fois sur la tombe de ton frère d'armes, une glaire aussi grosse que le poing que tu rêvais de balancer à la face du monde, aussi, ne te demandait-il rien, le patron, pas même de payer ton café que tu faisais durer des heures Et tu absorbais tout, sans discernement mais avec avidité : les chars soviétiques à Prague, l'assassinat de Robert Kennedy, l'offensive du Têt, la fin de la révolution culturelle en Chine, Mai 68, la mort de Martin Luther King.

Tous ces autres qui prenaient corps et âme et faits et gestes et cris dans le prolongement du seul tien dont le monde entier se contrefichait et qui, pourtant, étaient à deux doigts de te faire imploser.

3

Il ne reste parfois qu'une couleur en place et lieu du chaos, une énorme trouée bleu turquoise, vive, insolente, boursouflée d'eau, gisante à la surface et rien d'autre, une dernière vision, éclatante au soleil comme un reflet du ciel, quand le corps de Basile a refait surface avec sur le dos son tee-shirt cobalt, brillant en pleine lumière, celui qu'ils avaient volé ensemble, sur le marché de Saintes, un dimanche matin, pas plus tard qu'il y a une semaine, ce tee-shirt et une casquette, qui, elle, n'est jamais réapparue ; Basile avait embringué la petite vendeuse de son discours charmeur pendant que Matthias choisissait du bleu, du bleu et rien que du bleu, la couleur des rois et Basile avait été heureux, ils avaient ri,

Matthias s'était senti fier, il avait bien choisi, ce bleu-là seyait aux yeux de son ami, ça rendait son regard plus intense, ça faisait aussi qu'on lui voyait moins les cicatrices que le feu avait laissé sur sa peau, le soir où son oncle avait joué avec son chalumeau, un peu trop près, un peu trop fort, ainsi on ne voyait que le bleu intense et le grand sourire de Basile puis était venu l'azur étincelant, flottant à la surface de l'eau, image récurrente, perfide, indomptable qui apparaissait et disparaissait n'importe comment, toutes ces années, une image en surimpression, un bleu violent qui surgissait devant Matthias et le laissait KO, une inertie de bleu sur fond noir, comme l'était la Charente ce jour-là, obscurcie par la mort et toutes les ombres du monde figées en un instant, Basile à fleur d'eau et de ciel, céruléen jusqu'au trépas.

Matthias

Voilà c'est de là que nait l'inspiration, dans le vivre et même plutôt le survivre mais sans pathos, s'il te plait, range-moi tes foutus violons.

C'est dans l'épanchement des émotions, dans l'exaltation des sens qu'on puise le sens d'une histoire, en crevant la vie de ses abcès, sans se prémunir, sans faire semblant, tout entier dans la matière, l'expérimentation, le froid ou le chaud et surement pas le tiède.

Il faut laisser ça aux lâches, aux bourgeois, aux frileux, à tous ceux qui croient gouverner la vie parce qu'il leur semble la maitriser, parce que rien ne dépasse, ni leur chemise du pantalon, ni leur humeur, ni leur mot, tout habillés de bienséance et même de sagesse quand bien même ils en crèvent à se raidir de dignité, un bâton planté dans le fond de leur culotte.

Vivre pour écrire, écrire pour survivre, comme le chien se mord la queue et que de la poule ou l'œuf, rien ni personne n'ordonne jamais l'ouroboros.

L'un sans l'autre, c'est ce que j'ai compris au fil du temps, écrire, sans rien attendre, sans gilet de sauvetage.

Ecrire à en crever de faim, de soif, de solitude, en sacrifiant tout, jour et nuit, nuit et jour, partout, tout le temps, à ne plus savoir si ce que l'on vit sert l'écriture, ou si c'est l'inverse, à ne plus démêler qui est prétexte à quoi.

Je vis donc j'écris, j'écris donc je vis.

On est loin du hobby ou même de la passion, loin du métier, de l'art ou de tout autre raison que se donnent les écrivains d'oser entrer en écriture, il n'y a pas de double métier qui tienne, pas de plan B, de seconde chance, on écrit et on le fait du mieux possible ou on ferme sa gueule, et c'est tout.

Tant pis pour les points retraite, la dernière BMW, l'enterrement au panthéon, le beurre dans les épinards et même les épinards tout seul.

Ne me reproche rien, petit, ni d'avoir implosé, ni d'avoir explosé. Sans ma vie de petite frappe, sans mon passé de gosse brisé, je n'aurais rien écrit, j'avais de la matière, je l'ai utilisée, nul besoin de m'en gargariser, ni de le revendiquer.

Ce fut.

Point à la ligne.

Et toi qui viens déballer tout ça au grand jour, c'est grotesque, impudique, prétentieux. Tout ça, pour faire valoir qu'à l'origine, c'est à ton cœur de gosse que je dois mon talent, mon succès, ma création. Ceux que ça intéressera de lire cette purge seront comme toi, ils croiront qu'il faut souffrir pour créer, qu'il faut avoir souffert ou seulement penser que ça arrive.

Foutaise !

Pour créer, il faut simplement s'intéresser à autre chose qu'à soi-même, il faut oser regarder le monde droit dans les yeux et le laisser défiler devant soi, sans rien attraper mais en retenant tout, à genoux devant sa grandeur et toute sa décadence.

Plus tard, bien plus tard, en cours d'écriture, si de tes propres expériences, tu peux extraire ce qui fait sens, donner de la couleur, du relief, de la chair, du cœur et même pourquoi pas de l'âme à ton texte, alors, fais-le, mais seulement, si.

Sinon, pitié, tais-toi.

L'autre

Il est trop tard pour me taire, Matt, ça y est, je suis là, avec toi comme au tout début, à la genèse, quand tu étais un gosse à part entière, ni Matt, ni Tourniquet, ni Ampère, juste Matthias et que je t'habitais de toute ma vulnérabilité, mon innocence, ma fragilité, avant que tout implose, explose et que tu deviennes multiple, autre, tellement plusieurs.

Toi et moi, réunis comme aux premiers jours, une seule entité, Matt, une seule.

Ma voix, celle que tu contestes, que tu bâillonnes, qui crie malgré toi, c'est la tienne, elle t'appartient, elle réintègre ton esprit au moment même où ton corps se délite parce que tu ne peux pas partir seul, Matt, pas sans moi, dissocié, écartelé, dédoublé.

Le processus est enclenché, cette histoire tu ne la maitrises pas, tu ne l'as même jamais maitrisée et pourtant, tous les deux on va la raconter, jusqu'au bout, ce n'est pas si compliqué, on a presque fait le plus dur si j'ose écrire.

Il y a eu tes sept années d'enfermement, le suicide de ta mère, l'accident de Basile, un sale trio s'il en est et tout de suite derrière, cette idée folle de vouloir t'engager dans l'armée.

Un an de service obligatoire et tu te voyais déjà, le pompon sur le béret, prendre la mer, naviguer au grand large, devenir un héros avec tellement d'insignes brillants accrochés à ton costume que Basile, du tout haut qu'il pouvait être, t'aurait reconnu juste avant que tu ne te fasses tuer et que tu le rejoignes, pour l'éternité.

Tu t'en faisais des films à l'époque.

Pareil que quand tu croupissais dans le cachot de Saint Sornin et que pour ne plus avoir peur, tu t'inventais le pouvoir d'invisibilité, disparaitre pour que plus jamais personne ne puisse t'attraper.

Est-ce que tu vois de quoi je parle, Matt ? Disparaitre, ne plus être.

Qui reconnais-tu dans ces façons de faire ? Toi et toi seul ou l'un de tes protagonistes fictionnels ? Ces morceaux de toi disséminés dans chacun de tes rejetons ?

Toujours est-il, que trois mois d'armée plus tard, tu te faisais éjecter, inadapté le Matthias, à la discipline, à l'autorité, à la rectitude. Ta tête frayait déjà trop avec les étoiles, tutoyait les esprits, flirtait avec Dieu et le diable, s'ingéniant à réinventer le monde, les hommes et les chemins qui mènent au paradis comme au purgatoire.

Tu avais même créé dans ta chambrée, avec six de tes camarades, une ligue imaginaire, nommée *La ligue du chapitre 22*. Cette ligue n'avait aucun but établi si ce n'est d'exister et qu'on le sache. Elle était née d'une page de livre, trouvée par hasard, coincée sous ton matelas, sur laquelle était écrit, justement, « Chapitre 22 ». Ni plus ni moins. Juste cette feuille errante, jaunie, déchirée, salie et ce laconique « Chapitre 22 » qui ne disait rien du roman auquel il appartenait.

Tout de suite était née l'idée de donner corps à ce vide béant, laissé pour compte qui trainait là et qui ne demandait qu'à être exalté. Une sorte de garde-à-vous obligatoire, trois fois par jour, la main sur le cœur avec l'obligation de proclamer solennellement : *Courage et grandeur d'âme à La Ligue du Chapitre 22.* À cette époque-là, sans le savoir, ta vocation était née.

4

Cette feuille blanche, fripée, ratatinée, oubliée, griffée d'un mot et d'un chiffre : Chapitre 22, tout un possible comme une lucarne, encore, comme enfant, l'esprit de Matt ne fait qu'un tour, il sait l'ennui de sa chambrée, droite, alignée, aux ordres, sans bravoure, que des lourdingues de facho à la solde d'une autorité qui commence à l'exaspérer, Basile n'aurait su faire mieux et même à eux deux, ils auraient fait pire, c'est un nouveau chapitre qui ne s'écrira pas pourtant, qu'il faut remplacer, réinventer, au dos de cette page volante, tant de mots perdus, de paragraphes, d'autres chapitres, tout un livre et des rires et des larmes en cascade, des milliers de virgules et tellement de points d'interrogation, plus jamais de point final, un chapitre 22 où entasser les ordres et les contre-ordres, en créant un régiment de fanfarons sans treillis, sans gilet tactique, sans sac à dos, sans casque, sans pataugas, libres de produire un nouveau code d'honneur et des missions de sauvetage en veux-tu en voilà, dix bonhommes au garde-à-vous, la main sur le cœur, au chant du coq à la mémoire de Basile, l'envie de tout foutre en l'air pourtant, marionnettes sans saveurs, sans couleurs qui ne sauront jamais où se situe le vrai combat, page vierge à réinventer sans cesse, en surimpression d'une autre, noircie à jamais, un chapitre 22 égaré, dissocié d'un livre dont on aurait volé tous les mots, les accents, les attributs, l'essence même de la vie.

Elle a presque tout lu de l'homme, nombre de ses romans, de ses nouvelles, de ses thrillers mais aucun de ses essais, littérature qu'elle juge en général trop absconse, hors de sa portée, ni aucune de ses biographies, qu'elle imagine racoleuses.

La vie des gens du grand monde et de ce qu'on en raconte ne l'intéresse guère, elle est bien placée pour savoir que l'histoire humaine est au-delà de tout ce qui s'écrit.

Aucun livre n'y suffira jamais, quoi qu'en disent toutes les blouses blanches qui l'entourent, l'intériorité d'une personne est au mieux un mystère, au pire un secret et dans les deux cas, un mythe qui s'écrit et se réécrit sans cesse, qui change au fil des âges, du souvenir, des paradigmes de sa propre évolution.

On peut émettre des hypothèses, entrevoir une cohérence, tracer un parcours, hiérarchiser des faits sans être dans le faux, le flou, l'arbitraire, il n'en reste pas moins qu'on sera toujours en deçà de la vérité, à la lisière toujours, en surface certainement jamais en dedans.

De toutes les mémoires qui tissent le feuillage d'une âme, qui sait celle qui se joue à un instant T ? Et pourquoi et comment. C'est que c'est complexe et lourd et sacrément impénétrable une âme, quand bien même, elle est portée à bout de bras tout le long d'une vie, on n'en entrevoit jamais l'existence réelle.

Tout le monde en parle, ça oui, tous les savoirs tournent autour de son mythe, discourent jusqu'à plus soif de son incarnation, mais sans saisir, jamais, de quoi il en retourne et elle, elle est bien placée pour le savoir même si elle ne le dira jamais.

Des hommes tels que lui, elle en a vu défiler depuis qu'elle travaille ici alors même si celui-ci l'émeut, la touche, l'interroge plus qu'un autre, elle sait qu'il repartira comme il est venu, sans qu'elle n'y comprenne rien, à la lisière, une fois encore.

De toute façon, elle n'est pas là pour donner son avis et quand bien même on lui demanderait, ça ne l'intéresserait pas, il se pourrait qu'elle se trompe, elle aussi, que ses jugements, ses interprétations, ses conclusions ne soient que le résultat hâtif, immature et cérébrale de sa propre ignorance.

Tout ce qu'elle peut faire et qu'elle a toujours fait c'est être là, espérer que l'homme se réveille, retrouve ses propres facultés, ne meure pas. C'est tout de même un grand écrivain qui écrit joliment, de belles histoires et qui lui a tant permis qu'elle s'évade, qu'elle voyage et même parfois, qu'elle se pose des questions.

C'est rare de nos jours, un tel homme, qui, d'une simple façon, permet l'évasion, d'entrevoir le beau, de s'interroger, qui donne des pistes et des envies sans rien imposer, ni exiger, juste par les mots, sans chichis et surtout, sans avoir besoin d'étaler sa vie en place publique.

Oui il est connu, lu, apprécié et pourtant, non, non elle ne savait pas tout ce qu'on lit ou dit de lui aujourd'hui et si elle le pouvait, elle se passerait bien de le savoir. Parce qu'au point où il en est, de s'être rendu fou, ou en tout cas, de végéter là, entre deux rives, si proche de la mort, il mérite juste qu'on le laisse en paix, quoi qu'il ait fait, quelles que soient les raisons qui l'ont emmené ici, elle aimerait qu'il s'en sorte et pourquoi pas, qu'il écrive encore.

C'est ainsi que le monde l'a aimé, pour ses histoires. Elle n'imagine pas que sa présence à elle puisse y changer quoi que ce soit mais c'est là sa place et elle l'occupe, courageusement loyalement. Sa vie au chevet des plus démunis à tenter de soulager ce qui, à ce stade, ne l'est déjà plus mais qui sait, rien n'est sûr.

Elle le peut, peut-être, encore une fois, pour le remercier, lui, le grand Matthias de Tourniquet-Ampère dit M.T.A. ou qui que ce soit d'autre.

Matthias

Vocation, destinée, mission, là c'est toi qui pérores, en appelles aux grands mots. Tu te prends pour Dieu ou quoi ? Un apôtre, un missionnaire ?

Tu veux me faire jouer quel rôle ? Et dans quel but ? Nous absoudre. Tu réécris l'histoire, garçon, toi aussi tu joues avec la vérité.

Basile ce jour-là ne s'est pas jeté du pont tout seul, tu le sais, c'est moi qui l'ai supplié, une dernière fois ou peut-être devrais-je dire, toi, le môme capricieux qui ne voulait pas que son copain s'en aille, qui était désespéré. Des années de complicité à faire toutes les conneries de la terre et voilà qu'il devait partir, 18 ans révolus, c'est le régime des enfants placés, hors les murs de la république, fin prêt pour l'armée. Alors ce dernier pari, ce dernier saut, pour soulager nos peines, faire que ce départ ait de la gueule, ultime bravade à cette vie qui obligeait encore à la rupture, une de plus, une de trop qu'on pensait définitive tant à cet âge tout l'est, le moindre incident, la moindre peine et sa noyade qui a donné raison à nos craintes les plus sourdes.

Evidemment que j'ai voulu m'engager après ça, faire pour lui ce que je lui avais refusé, rejoindre l'armée, faire le fier, parader, tous les dézinguer.

Peut-être aurais-je dû simplement le rejoindre au fond des eaux mais j'ai été lâche, pareil que môme devant le corps de la pendue, j'ai encaissé, j'ai rien dit, j'ai baissé la tête et j'ai tout réinventé au travers de mes personnages. Peu m'importait alors la couleur des yeux, des cheveux, les odeurs, les vêtements, les allures, les contextes, si le temps d'un livre, ils existaient, encore et encore.

L'un et l'autre, là, habillés de toutes les façons avec, fidèles à mon souvenir, à chaque fois ce dernier regard sur la vie, ce regard vide d'amour, tragique, hanté, misérable qui ne cesse de me poursuivre et tous ces mots à dire qu'ils n'ont jamais prononcés mais que j'ai supposés, toutes ces histoires à écrire pour qu'au moins l'une d'elles leur ressemble, toutes ces vies pour remplacer la leur, avortée, sacrifiée, amputée.

C'est là et même bien avant que ce que tu appelles ma vocation est née, dans cet oubli de toi et de moi, aussi menteurs, veules, stupides et dérisoires qu'ait pu être notre existence à tenter de racheter l'impardonnable.

L'autre

Plus impardonnable encore que S., Matt ?

Tellement impardonnable que réduite à une initiale, jamais nommée, ni même écrite. La première femme de ta vie, réduite en cendres.

Le vendredi 22 janvier 1971 à 22h34.

Sept mois de bonheur intense et rien, jamais une ligne, ni un mot, toutes les femmes de tes livres sublimées pour racheter la seule que tu as massacrée, qui a tout de même fait de toi l'écrivain que tu es, qui a permis la rencontre suivante, l'enfermement, l'écriture, la libération, à qui tu dois tout, même si, aux yeux du monde entier, ton éditrice, Louise, est bien ta femme en titre et ton égérie et ta plus fervente féale.

Est-ce que quatre-vingt-deux romans suffisent à effacer cette faute, Matt ?

Es-tu arrivé au bout du chemin, de ton secret le plus terrible ?

As-tu autant aimé Louise que pour te racheter d'avoir broyé une innocente ?

Ta violence, Matt, ta violence ? Noyée dans la permissivité de tes dix thrillers et douze polars qui te donnait bonne conscience, à punir tous les coupables quand le seul qui soit courait les salons, les télés, les prix à chaque nouveau succès.

Et qu'en est-il de cette poésie dégoulinante de bons sentiments à magnifier nature, bête et muse quand devant la beauté d'une jeune fille, tes poings ont tuméfié son visage, défigurant ses yeux, ses pommettes, ses lèvres ? Combien de vers et de rimes pour faire l'éloge du merveilleux, de l'éblouissant, de la pureté quand ton saccage n'a plus ressemblé qu'à de la poussière ? Combien de chants d'oiseaux psalmodiés pour cacher les cris de ta belle suppliante, effondrée à tes pieds.

As-tu oublié Matt ? Faut-il te le rappeler ?

Matthias

Stoooop, pitié, stop ! Tout ça, c'est de ta faute, le coupable, c'est toi et toi seul, cesse de nous confondre, de geindre, de me hanter, des années que je te cadenasse et pour cause ; ce gosse-là, qui gît en moi, est le pire autre qui me soit advenu, heureusement que je t'ai renié, étouffé, enseveli.

Je l'ai compris trop tard que tu avais perdu la tête, enfermé dans ton cachot, je n'ai pas su voir tout de suite que tu étais devenu bourreau à ton tour quand la mère s'est pendue et que tu n'as pas bougé, pas un geste de secours, pas une larme de regret, pas une once de pitié devant le spectacle offert de sa déchéance.

Toutes les années qui ont suivi, tu as tapé du poing et des pieds, tu nous as entraînés Basile et moi à nous battre contre la vie, contre ceux qui voulaient nous tendre la main, en défiant chaque jour notre parcelle de possibles qui résistait à la mort, qui s'accrochait à l'espérance, qui avait trouvé refuge dans l'amitié et tu as fini par gagner et Basile est mort et là encore, je n'ai rien compris, imbécile malheureux que j'étais à l'époque.

Il aura fallu S. et la dégringolade, ta violence, ta rage, ta haine même.

Même si ce sont mes poings qui ont cogné, c'est bien toi qui as perdu la tête, tu es le monstre de mon passé, l'enfance sacrifiée, pourquoi je t'ai renié.

L'autre

Pauvre Matt, tout à la fois victime puis bourreau et enfin otage d'un autre mais quand vas-tu cesser de te réfugier derrière cette fable ? Croire que je n'existe pas, que je ne suis pas toi ? Que je suis autre ? L'un, surement le pire, de tes autres parce que le plus réel et qu'au fond, tu n'es pas dupe, Matt.

Regarde où tu en es réduit, agonisant dans ce lit et délirant d'un bord à l'autre de tes souvenirs, me refusant la vérité. Est-ce la relative impunité de ton crime qui t'a définitivement fait basculer ? Qui aujourd'hui encore te permet de croire à tes mensonges, à ton invincibilité ?

Six mois de prison, c'était en effet peu cher payé pour avoir détruit la vie de cette pauvre fille, ton avocat s'en est donné à cœur joie pour te défendre, à peine avait-il argué que ta mère s'était suicidée et que ton meilleur ami s'était défenestré sous tes yeux que tu étais pardonné. Trop jeune, trop fragile, trop émotif et trop sensible pour ce premier amour que tous les témoins défilant à la barre jugeaient volcanique, passionnel et même violent.

Cette énième querelle d'amoureux qui a dérapé, qui t'a fait perdre la tête et mouliner des bras bien plus que de raison. L'hospitalisation de S. pour soigner ses multiples blessures, la plainte de ses parents, la bataille juridique et enfin ta condamnation, somme toute dérisoire quand on sait que S. a préféré en finir en avalant des somnifères le jour de ta libération. Le mal était fait, tu avais payé mais une jeune femme était morte et tu ressortais libre, légitimement installé dans ton nouveau rôle d'apprenti écrivain.

Matthias

Si tu n'avais pas été si jaloux, possessif, intransigeant, absolu.

Si tu avais pu te taire, une fois encore, plutôt que d'exiger que cette fille soit tout à toi.

Si tu avais su faire la part des choses plus tôt, rester dans ta peau d'enfant et mourir comme il se doit sous ma mue d'adolescent, ne pas encore une fois brailler toutes les larmes de ton corps et t'insurger, me laisser grandir sans intervenir, sans rien revendiquer.

Si tu n'étais pas si égocentré, à te croire le seul môme en déchirure sur cette foutue planète.

Si tu m'avais laissé t'étouffer dans cette prison du village, broyé par toutes les voix monstrueuses, émergeantes de la roche.

Si tu avais cessé de me harceler avec ton envie d'en finir.

… si…

…tu avais feint d'ignorer ou même de maudire les cinq blessures fondamentales que sont l'abandon, la trahison, le rejet, l'humiliation et l'injustice, inhérents à tout homme sur terre.

Si tu avais su rester digne, te faire roseau, ployer sans tomber.

Et si tu n'étais pas né, tout simplement.

L'autre

Alors, tu n'aurais jamais rencontré J.P. et tu n'aurais jamais rien écrit puis publié, tu ne serais pas devenu le grand Matthias de Tourniquet-Ampère dit M.T.A.

Tu serais peut-être mort, banalement à la guerre, sans devenir un héros, oublié de tous, sans pompons ni trompettes.

Ou peut-être d'une crise cardiaque, sur le tracteur de la ferme de ta mère que tu aurais administrée à ta majorité en imaginant que ton père revienne un jour et que les fleurs de la paix poussent dans le jardin de vos souvenirs.

Ou encore, tu aurais épousé S. que tu aurais fini surement par détester parce qu'elle serait devenue grosse et vieille et que vos cinq gosses t'auraient tapé sur le système à réclamer plus que ce que tu n'as jamais reçu, à moins qu'elle ne se soit tirée avant et alors, tu aurais bu jusqu'à plus soif avec ton pote Basile pour oublier à quel point t'étais devenu con de l'avoir laissé partir sans jamais lui cogner sur le coin de la gueule.

Ou et ou et ou... Et si et si et si...

On n'est plus dans un livre, là, Matthias, à ce stade de ta vie, c'est fini de vouloir réécrire ton histoire et de croire qu'il aurait pu se passer autre chose que ce que tu voulais qu'il se passe, toi et toi seul.

Tu ne peux plus te refugier dans aucune fiction, c'est la fin Matt, la fin.

Cadillac, plus tard

La fièvre a baissé, Esther veille, peut consigner que le vieil homme a ouvert les yeux.

Deux fois.

Elle a vu passer dans son regard une grande inquiétude comme s'il était perdu, qu'il ne reconnaissait rien. Il paraissait petit, désarmé, un peu comme un gosse qui cherche la main de sa mère, découvre un visage inconnu et s'en montre déçu, l'ourlet de paupières mouillées, le souffle las.

Elle pourrait aussi dire qu'il a parlé, beaucoup, de plus en plus fort et aussi très vite, dans les dernières heures et qu'elle a entendu bien des choses, des phrases à priori sans queue ni tête et pourtant, si elle avait noté, peut-être que…

L'homme semble en proie à un énorme stress, une grande pression comme s'il était en lutte ou en danger, elle n'est pas sûre mais elle a même eu l'impression que le timbre de sa voix changeait, qu'il n'était pas tout seul.

Pour la première fois, elle trouve difficile d'être là, sans rien pouvoir faire, la souffrance est partout présente dans la pièce, elle la sent, pourrait presque la voir. Peut-être parce qu'elle croit l'entendre au travers des inaudibles paroles et que le corps de l'homme le lui montre, agité, en sursaut, tout replié, puis raidi, comme on convulse.

Dans l'unité qui abrite le moribond, l'indication médicale est celle d'une décompensation psychiatrique, c'est pour quoi les UHSA* ont été créées. Réservées aux patients détenus (hommes, femmes et mineurs), donc pris en charge par l'administration pénitentiaire, les soins prodigués sont au plus proche de ceux dispensés dans une unité d'admission en hôpital psychiatrique.

Aussi, elle attend, attentive, patiente et elle espère, encore.

---

*UHSA : Unité hospitalière spécialement aménagée. Assure des soins appropriés sans délai aux personnes détenues présentant des troubles psychiatriques relevant de l'hospitalisation en milieu psychiatrique. Sécurise ces soins dans le cadre de l'exercice de la mission pénitentiaire.

5

La peau de S. et ses mains, ses courbes, son sourire, sa voix, son regard aussi, comme un poème, jamais écrit, à composer et son odeur suave et ses manières, fines, souples, déliées, si douces, Matt se souvient de tout, des années après, encore, toujours et même souvent, de sa bouche spécialement, de cette moue enfantine et de tous leurs baisers enflammés, du goût de sa langue, du parfum de sa convoitise, du rosé de ses lèvres et de leurs meurtrissures quand à l'apogée de leurs ébats, elles étaient devenues gonflées, gourmandes, à la fois sucrées et salées quand il s'enivrait d'y loger sa langue, son sexe, ses doigts, quand de tout son désir, elle le réclamait et qu'il venait en elle en sachant qu'il n'irait jamais aussi loin, arrivé là où tout commence et finit en même temps, la vie et la mort dans un seul corps, une seule âme, la leur à l'unisson de ce que seul un amour de jeunesse se targue de ressentir, une fusion presque animale, instinctive pour aspirer l'autre et renaitre à toutes les excavations, les peurs et les hontes du passé ; S comme Sacha Leprince, tout juste dix huit ans et déjà le monde tout entier dans ses rires, au travers de ses larmes, à la lisière de son histoire, S comme serpent aussi, sournois, survivance, sœur de peine, sauvetage, sauvagerie, sentiment, solitude, sexe, sensuel, sueur, salive, semence, soif, syndrome et puis, sept mois plus tard S comme salope ou pire, comme schizophrène.

79

Matthias

La fin ou le début, petit, à ce stade, je m'en fous, regarde où je vis, ce que je suis devenu, retour à la case départ, mon pote, direct en prison, l'effet boomerang, finir là où tout a commencé.

Comme quoi, quand c'est écrit, c'est écrit, personne n'échappe à son destin et tant pis si c'est un cliché, on a beau inventer tout ce qu'on veut, les clichés ont la peau dure, on y revient sans cesse, c'est comme de la roche, soumis aux temps, hélas inaltérable.

Reste les détails pour nous sauver, quelques particularités, des fulgurances qui ont toujours été là et se rappellent à nous, comme une base, un socle, les éléments formateurs, décisifs, les mêmes que ceux qui nous détruisent à petit feu.

Détails des jours heureux et malheureux, resucée inlassable, que l'on remodèle, toujours un peu plus, un peu mieux, selon les besoins du moment et surtout, selon son interlocuteur.

Toi-même tu n'y échappes pas à réécrire notre histoire, toujours la même, dans les grandes lignes mais pour les détails, faudrait y regarder à deux fois parce que c'est tout de même là que s'écrit la vérité. Suffit d'un oubli, d'une bricole passée inaperçue, et alors c'est une autre histoire qui s'écrit, s'invente, se diabolise.

N'est-ce pas petit ?

N'est-ce pas ?

En effet Matt, en effet !

N'est-ce pas ce que je suis devenu à tes yeux, en six mois de temps ?

Un détail !

186 jours de taule et hop, *exit* le passé, couic le petit orphelin.

Il a suffi d'une rencontre et la bascule s'est faite, remarquable tour de passe-passe pour un novice comme toi, la mue est devenue définitive, cette fois-ci, tu n'as plus dérogé à l'homme que tu avais décidé de devenir.

À l'époque, dans ta cellule, croupissait un homme, incarcéré depuis 18 mois, le fameux J.P. Un avocat, véreux, un peu toqué mais avocat quand même, plutôt bon d'après sa réputation et le nombre de gens qui venaient encore chercher conseil auprès de lui. Belle gueule, grand bagou évidemment, magicien des mots et du sens qu'on leur donne, grand fabricateur de détails aussi dont l'un, pourtant, qu'il n'avait pas su prédire.

Un tout petit détail de rien du tout qui l'a mené droit dans le trou, une minuscule empreinte laissée sur une arme, et de grand avocat qu'il était, il est passé à détenu, l'arme avait malheureusement servi à un braquage qui a mal tourné.

Un détail comme une empreinte, indélébile.

Cent fois, pendant les longues semaines que vous avez passées ensemble, il t'a raconté à quel point ce détail aurait pu être évité et comment, cent fois il t'a refait l'histoire et l'issue et ses conséquences, cent fois, si ce n'est plus, il t'a donné l'occasion de réfléchir à tes propres détails, à ceux qui font et défont les hommes bien plus que leurs œuvres et mille fois, tu y as pensé, depuis la genèse jusqu'à ce qui t'avait mené en prison, moi y compris. Et c'est ainsi qu'est né ton premier texte, *Au bord de la pluie*. Ainsi que tu as réinventé ta vie, créé ton premier incipit, ta légende.

Déjà devant J.P., en mots virevoltant dans les couloirs de ta seconde prison, puis une nuit, en mots couchés sur le papier.

Faut croire que tu étais doué, pas chanceux mais doué.

Matthias

Doué peut-être mais surtout travailleur, consciencieux, persévérant, exigeant, concentré, créatif pour le moins avec un sens de l'observation proche de l'oculaire d'un microscope, allié à une imagination débordante. Tout ce que tu n'es pas, que tu n'étais pas, que tu ne seras jamais, trop embourbé dans tes chicanes, serti dans tes œillères et collé pour ne pas dire englué ou encrassé dans ton passé. En un mot, terre à terre ou misérable.

Quant à la chance, ça, c'est une autre histoire.

Ne pas en avoir ne m'a jamais empêché d'écrire ni d'évoluer, à l'inverse de toi, je ne suis pas resté figé sur nos jeunes années.

La chance c'est comme les détails, tu la remarques, tu la saisis, tu te construis avec ou pas et tu l'interprètes ou l'envisages selon plusieurs possibles, filtres, lorgnettes, angles, prismes, focus.

Tout est là, gamin, tout est là.

La chance n'est qu'un simple point de vue.

Si tu sais la saisir, alors ta vie entière change, bascule, se transforme, meurt ou renait.

Devenir écrivain fut pour moi cette chance, c'était la certitude de ne jamais rester figé sur nos malheurs et la bonne solution pour te faire taire, toi et nos cauchemars.

Tu sais, dans toute histoire, la tienne ou la mienne, il faut partir du principe que quelqu'un ment, peut-être même tout le monde. C'est assez commun d'ailleurs. Pour un même récit plusieurs versions où, en toute bonne foi, chacun croit détenir la vérité.

-       Vrai*ment* !? Me direz-vous...

Là est le paradoxe, dans cet adverbe, diabolique, ambivalent. Alors qui croire ?

L'autre

Mon Dieu, quel brio, Matt !

Quel raisonnement de folie !

Je comprends que tu en sois arrivé là, cloué à ce lit, dans cette chambre, je me demande même comment ce n'est pas arrivé plus tôt ?

Tant de mensonges pour cacher une seule vérité, c'est de l'aliénation, pure et simple.

Trop de protagonistes tuent le protagoniste principal, Matt. A terre, le héros. *Exit*. Stop. *Basta*.

Et tout ça pour des détails, rabâchés au centuple, que dire au milluple toutes ces années, qui ne sont même pas les vrais.

N'est-ce pas Matt ?

La lucarne, l'œil de Pâquerette, le tee-shirt bleu, le chapitre 22 et même S.

Tu ne veux toujours pas croire que j'étais là et que moi, je me souviens de tout, à l'identique de ce que c'était, pas comme toi ou l'un de tes avatars l'avait tant de fois régurgité.

La lucarne, tu parles, tu l'as à peine vue, tu avais la tête dans les jambes, Matt, tu n'osais ni bouger ni respirer, tu chialais comme le gosse dévasté que tu étais, ton corps tout entier replié sur lui-même et tu maudissais ta mère, ton père, la terre entière de ne pas voir que tu te pissais dessus. Parfois tu réussissais à t'endormir et quand tu te réveillais, ton visage était barbouillé de larmes, de bave et de terre, empoussiéré jusque dans les yeux, tellement abimé de creuser la nuit et irrité par une mauvaise hygiène de vie, que très tôt tu as dû porter des lunettes. Tu te souviens, Matt, du coup des lunettes ? Ou tu vas rester perché sur orbite des jours encore, à te ressasser dans cette espèce de fiction fantaisiste qui ne leurre plus que toi ?

6

Des lunettes rondes, jaunes, à double foyer comme on disait à l'époque, une belle tête d'abruti mais une vue parfaite sur la vie, les gens, les choses, les bêtes, le malheur et sur la première fois ; Matt a neuf ans et six jours de lunettes, encore un peu gauche, ridicule, complexé, toute la classe le regarde, il est au tableau, doit réciter un poème, il a oublié lequel depuis mais c'est certain, un de ceux qui font pleurer les mères, un dimanche midi, ce jour-là étant un lundi, il fait grand beau, le soleil frappe au carreau, lui fonce droit dessus, l'aveugle et là, c'est la boulette, ses yeux qui piquent, mouillent, l'irritent et d'un coup, sa voix qui s'éteint tandis que ses joues rougissent, tout son corps qui se délite, se met en panique et qu'il ne peut rattraper, aussitôt les rires éclatent, plus vite et plus fort que le professeur Marteau, de ce nom il se souvient bien, ne peut les empêcher, alors la honte le décime en un rien de temps, comme ça, sur l'estrade, devant trente et un gosses qui n'attendaient que ça, comme le font tous les gosses, quand l'un trébuche et que ce n'est pas soi, pour une fois, pas soi mais un autre, et de la suite, du comment il s'est enfui en jetant ses lunettes à terre et en les piétinant, il ne se souvient pas, non plus mais du retour chez lui, oui, des lunettes cassées que le professeur ramène à sa mère, oui encore, de la nuit qui suit, enfermé une fois encore au cachot, aussi et du regard des trente et un gamins, encore plus, quand bien même il n'y voyait rien, il a senti leurs regards sur lui et tous leurs rires, comme des gifles, des particules d'obus en train de le transpercer, après ça, évidemment, il n'a plus jamais ouvert les yeux, qu'à moitié, en diagonale ou de biais, qui sait, en zigzag, de bas en haut mais à demi, un œil à la fois, en rassemblant les morceaux qui ont fini par faire des histoires.

L'homme s'est redressé, a demandé à boire, où il était, depuis combien de temps, s'il pouvait se lever, qu'on lui apporte de quoi noter, du papier, un stylo ou un dictaphone, s'il avait parlé pendant son sommeil et de quoi ou de qui ?

Devant Esther, bien que rassurante à tenter de répondre doucement à chacune de ses questions, il demeurait agité, impatient, anormalement apeuré, il répétait en boucle qu'il ne fallait rien croire, ne tirer aucune conclusion, qu'il allait tout expliquer, point par point, chapitre après chapitre, détails après détails.

Après ça, ça en serait fini.

Il savait bien qu'il allait mourir, qu'il était arrivé au bout du bout et puis, au fond, en vrai, il était las de tous ces mots qu'il n'avait jamais vraiment réussi à ordonner correctement, s'il n'y faisait pas gaffe, en vérité, c'était l'anarchie à tous les étages.

Esther a bien vu qu'il n'était pas dans un état normal, elle reconnaissait même parfaitement la crise qui le faisait délirer, cet état psychotique où le patient se sent épié, suivi, entend des voix, a l'impression que d'autres personnes manipulent ses pensées.

Elle n'avait d'autre choix que de rester calme, en s'exprimant le plus clairement et calmement possible, en montrant de l'empathie, en verbalisant ses émotions ressenties, en faisant en sorte que petit à petit son espace vital redevienne sécure. Elle jouait à l'infirmière surdouée, qui comprend, pardonne, apaise, structure et qui sait mais au fond, pour la première fois, elle se sentait dépassée.

Sa vulnérabilité la renvoyait à la sienne et l'assaillait autant qu'elle la terrassait.

Cet homme-là ne jouait pas, ne mentait pas, il pleurait comme pleure un enfant de cinq ans alors qu'il devait bien en afficher plus de soixante au compteur, lui offrant sans tabou ni barrière, un spectacle déchirant.

L'autre

Pitoyables ou astucieuses ces larmes qui coulent enfin, en tout cas, ça nous change du bonhomme qui se voulait invulnérable et aussi drôle, sensible, intelligent, doué, énigmatique. Toutes caractéristiques de ton rôle de grand écrivain, autodidacte, libre, mystérieux à souhait, cet homme mature et sage et résilient pour peu qu'on connaisse ton pédigrée et que les journalistes aient fait leur boulot.

Un peu trop tard à mon gout.

Il aura fallu pour cela que tu pètes un câble et pour cause. Combien de fois t'ai-je demandé à sortir de l'isoloir ? Pendant combien de jours, de mois, d'années, de décennies m'as-tu ignoré, privé du droit de m'exprimer avant de t'effondrer ?

Toutes ces années à hurler en silence, à te voir composer avec tes personnages de seconde zone ? Tous ces autres qui jouaient les remplaçants. Et voilà que tu gouttes de larmes comme si on était rendu à la saison des pluies, sans t'arrêter, en mouillant tout sur ton passage. La belle infirmière in situ. On ne peut que compatir, moi avec toi, si, si, Matt, même moi.

Même si cette vase d'eau croupie, tu me l'arraches avec soixante ans de retard, même si elle est de rage et de haine plus que de désespoir et de peine enfantine. On y arrive enfin, peut-être, au cœur du sujet, à la vérité crue.

Dis-moi que cette fois-ci, la porte est ouverte, grande ouverte ?

Que les verrous ont sauté, les carcans, les armures, les boucliers ?

Et les mensonges, Matt ? Les mensonges.

Matthias

Tu me fatigues, gamin, on se croirait dans un de ces jeux de cour de récré. Action ou vérité. Plouf, plouf, 1.2.3 soleil… ça sera toi qui seras pris !

Ce n'est pas parce que je pleure aujourd'hui, que la partie est gagnée, tu te prends pour un de mes personnages, tu usurpes ta place, tu te crois indispensable, mais à la toute fin, je gagne toujours. Dans chaque histoire écrite, je rafle la mise, tu devrais le savoir.

Continue de me harceler et d'un coup de crayon, je t'efface et même je te remplace. Et je le réécris ce roman, du début à la fin.

Tu crois, quoi ? Que je te fais intervenir pour rien, comme ça, parce que je te dois quelque chose ou par plaisir ou pour te remercier de je ne sais quoi ? Comme à chaque fois, je poursuis un but et si tu es là, cette fois-ci, c'est parce que je l'ai décidé, moi et non l'inverse, parce que tu sers mon histoire.

Je pleure parce que dans toute bonne histoire, il faut pleurer et se battre et aimer, et baiser et trembler et gémir en espérant peut-être, devenir un héros.

Je pleure parce que les hommes pleurent, que c'est la vie et toi tu es trop vieux pour encore réclamer quoi que ce soit.

Tu crois prendre la parole quand c'est moi qui décide de te la donner. Remercie-moi plutôt, tu en as tellement rêvé et tant pis si je te manipule, si je joue avec ta réalité, si j'ordonne à ma sauce et fais jaillir les détails à l'endroit qui me convient.

Ce n'est pas toi ni moi que je contente en faisant cela. Arrogant que tu es ! Mais les lecteurs, petit, les lecteurs, des millions de lecteurs et surtout lectrices de par le monde.

Ces grands inconsolables, mendiants de l'amour, qui ne souhaitent qu'une chose finalement, qu'un auteur, plus doué que Dieu en personne, réécrive leurs vies quitte à être embarqués, bringuebalés, remués, chavirés, surpris, bouleversés, dévastés et même tyrannisés.

L'autre

Un auteur, plus doué que Dieu… rien que ça ! Et c'est moi l'arrogant ? Tu ne doutes vraiment de rien. Petit Matt est devenu grand, sacrément grand, qui tutoie le créateur en personne et distribue aux hommes ce qui leur a été refusé. Bravo, à ce niveau-là, moi je me prosterne.

Pas moins. *Chapeau bas, l'artiste* !

Inutile donc de rectifier quoi que ce soit.

Laissons à Dame Pâquerette le soin d'ourdir le détail scabreux du suicide de ta mère.

Et pourquoi revenir sur la couleur d'un tee-shirt qui ne fut jamais bleu mais noir.

A quelle fin réécrire le Chapitre 22 et même ta rencontre avec S. ?

Pourquoi m'offusquer de toute cette littérature qui transforme le laid en beau ?

C'est vrai, j'oubliais, ce n'est pas de ta faute, tu réponds à un besoin, celui de tes lecteurs, auxquels il ne faudrait surtout pas déplaire.

Il faudrait alors penser à leur parler de la grotte, Matt. Tu ne crois pas ?

C'est important ça, de parler des grottes préhistoriques du Château de La Roche Courbon, ça donne du relief à un roman qu'il soit ancré dans des siècles d'histoire, rendu dans des temps oubliés, entre Homo Erectus, Neandertal et Homo sapiens, sur les bords d'un cours d'eau, le Bruant, au milieu d'une nature sauvage et préservée, enchâssée entre deux falaises. Ça en impose même de mettre du vrai dans du faux, ça permet de noyer le poisson. N'est-ce pas Matt ? Comme pour ta propre bio, quand il y a du vrai, on ne cherche pas à aller vérifier, personne, suffit de quelques accents de vérité et la magie opère, les gens y croient, peuvent se situer, s'accrocher à un point réel. À partir de là, tout s'écrit, tout s'invente, tout se justifie.

Matthias

Essaie donc au lieu de juger, tu verras, c'est moins facile qu'il n'y parait.

Mélanger le vrai et le faux, la fiction de la vérité tout en extrayant du grand foutoir qu'est la vie, le détail qui fait mouche, tout en différenciant le sanglot qui émeut de celui qui apitoie, tout en tirant sur la corde sensible sans qu'elle ne devienne raide ou qu'elle ne se casse, mais vas-y donc, si tu peux.

Ecrire c'est autant oser que doser, c'est devenir alchimiste, sûrement pas réaliste.

Les gens se foutent de la vérité, ils veulent du beau, même si c'est moche, il faut de la lumière au bout du tunnel, il faut qu'ils y croient même si c'est faux, surtout si c'est faux et qu'ils n'y croient pas vraiment quand c'est vrai, que ça reste flou, comme posé là, près d'eux mais pas pareil, qu'il leur reste un espoir après avoir refermé le livre que justement tout ceci ne soit qu'un livre, une fiction, une anecdote de plus dans les grandes annales du monde, qui ne changera en rien sa face mais qui tout de même l'embellit ou lui rend hommage ou justice.

Qu'importe si d'un livre à l'autre, c'est toujours le grand bazar, ils le savent bien que rien n'est jamais ce qu'il parait. Eux aussi mentent, tout le monde, sauf toi, évidemment, qui hurle au grand déballage, à la vérité nue.

Mais qu'est-ce qu'on s'en fout de tes indigestions de gosse.

Si tu savais, qu'est-ce que moi, je m'en fous.

7

Eté 1965, ses 15 ans, sa première fugue, réfugié dans une des grottes du domaine, trois jours d'autonomie extrême, écorce de bois, brindille, fagot de feuilles et tous ses livres de classe dans un grand feu de joie, autodafé symbolique, en hurlant à bas l'école, les chiffres et les lettres, retour aux sources, à la caverne et à la peau de bête avec un paquet de saucisse volé, des bonbons, un couteau, du jus de raisin, une fumée de tous les diables, une forte odeur d'humidité rance et le mot liberté allait fatalement s'écrire comme Paul Eluard le proclamait, un poème pour un empire à la mesure du jeune Matt, 72 heures pour refaire le monde, se croire guerrier, chasseur cueilleur, sorcier, chamane et pourquoi pas grizzli, d'un personnage à l'autre, revivre ses ancêtres, devenir autre, plus fort, plus grand, plus valeureux, inscrire sur la pierre froide ses initiales, dessiner une tête de bison ou de mammouth, signer de son sang et s'endormir au berceau des étoiles, se laver le corps et la tête au ruisseau, en être saisi jusqu'à l'engourdissement mais ne pas crier et même sourire, se relever, brandir une canne à pêche et s'attaquer aux poissons, imaginer en faire une fricassée, se heurter à l'épluchage, à deux yeux globuleux qui le fixent, se croire gentilhomme ou sultan au grand cœur et le remettre à l'eau, pour ensuite s'allonger dans l'herbe mousse, un bâton de réglisse à mastiquer entre les lèvres et dans la poche, trois gitanes sans filtre chapardées au Père Bizeau, tellement facile de les lui soustraire *pendant qu'il roupille environ cinq heures sur les huit qu'il passe sur son établi, entre ciseau à bois, rabot, bédane, maillets, scie, vrille et copeaux, à restaurer le même banc depuis que sa femme est morte et qu'elle ne s'assoit plus dessus mais qu'il la voit comme elle y était encore il y a 7 ans, et s'évader plus loin encore, glisser sur un tronc d'arbre et suivre le courant, les entrelacs du destin, d'une berge à l'autre, partir et ne jamais revenir.*

L'autre

Evidemment, à ce niveau-là, c'est du *high level* comme dirait la jeune génération.

Robin Crusoé revisité, version Matt, tu n'as vraiment peur de rien et la littérature a bon dos !

On parle de quoi exactement ? D'une fugue ? Vrai*ment* ? Tu es sûr Matt ?

Ou d'une fuite en avant et d'une piteuse tentative de suicide ? La première des trois que tu tenteras entre 13 et 25 ans.

À chaque fois le même scénario, cette douleur que tu refoules tout à l'intérieur de toi et qui par à-coups, te revient comme un boomerang, que tu te prends pleine face, qui fait de toi un enfant pris aux pièges du désespoir.

Cette furieuse envie d'en finir à t'arracher la peau, les ongles, les yeux.

Ce besoin de te fracasser la tête contre un arbre, de te mordre la langue et de croire qu'en bouffant de la terre, des limaces ou un orvet cru tout en buvant de l'eau croupie, la vie fatalement quittera ton corps et alors tout sera effacé, rendu à l'oubli.

Ces quelques minutes de renoncement absolu pour un peu de paix, de folie sans conscience, de souvenirs anéantis. Détruire la douleur en toi jusqu'à t'étourdir, vomir, dormir, ne plus penser. Vaincre le corps en croyant vaincre l'esprit.

Sais-tu à quel point tu me dois la vie, Matt ? A quel point je te suis dévoué, protecteur ? Comment le sursaut qui a toujours interrompu tes gestes avant qu'un seul ne devienne fatal me revient ? De grâce, Matt, tu es si vieux, si las, si proche de la mort, ne peux-tu point enfin te rendre, tomber les masques ?

Matthias

Qu'importe à qui revient quoi ? Tu n'arrêtes pas de vouloir me prouver que tu es moi et que je suis toi. Alors qui sait ? Peut-être que l'enfant débile qui voulait mourir, c'est toi et que le sursaut salvateur c'est moi.

Peut-être que cette faiblesse, cette bouillie de souffrance c'est toi, toujours toi ?

Je n'en vois qu'un qui gémit et pleure sur sa vie depuis le début de cette confrontation ? Ça serait bien ton genre de vouloir en finir en orchestrant ta mort au milieu des vestiges d'un château abandonné. Pathos à souhait !

Imagine plutôt ce que ces instants m'ont appris de la vie et de la mort ? Combien ils m'ont inspiré et combien ils ont pu rendre mes écrits réels ? Ce que j'ai pu en faire ? Tu m'as lu n'est-ce pas ?

Toutes ces années à te tenir au-dessus de mon épaule.

Et même si la première fois me revient comme une erreur ou une folie de gosse, peux-tu envisager que les suivantes aient été un acte délibéré.

Comment écrire la mort, la penser, l'appréhender sans la toucher de près, sans oser la caresser, la tenter, vouloir lui appartenir ?

Ce n'est pas comme si j'aurais pu en avoir peur. Vivre dans une ferme, c'est en faire l'expérience à chaque fois qu'on assomme un lapin avant de l'égorger, qu'on déplume une poule au fer à souder, qu'on noie une portée de chatons ou qu'un veau sort de la mère, le cordon ombilical noué autour du cou.

Qui, de toi ou de moi, en avait la glotte coincée, les phalanges blanches, le cœur rétracté serait bien en peine de le dire ? Il faut te rendre à l'évidence gamin, toi, moi, nous, au fond, c'est la même chose et à ce stade de nos vies, c'est devenu quasiment imperceptible voire accessoire, négligeable, et surtout insignifiant.

L'autre

Tout et plus au nom de la sainte littérature. Quel grotesque ! À t'entendre rien n'est grave, tout est opportunité de création et toi tu voles au-dessus du monde, intouchable, increvable. Remarque, en bon psychopathe qui ne ressent rien, tu fais figure de modèle. Heureux que tu n'aies jamais tenté de carrière dans ce sens. En tout cas, tentative de suicide égale urgence, hôpital, suivi psy, alerte des services sociaux, foyer protégé, et donc rencontre avec Basile. Faut croire que frôler la mort a parfois du bon, à moins que ce ne soit la vie qui prenne le relais et offre une chance. On a bien vu ce qu'il en a été.

Sujet clos, déjà traité. Vide ton sac le crabe et qu'on en finisse. Tu tournes en boucle. Remarque tu n'as que ça à te mettre sous la dent. Nos premières années ! Parce qu'après, heureusement, contrairement à toi, moi j'ai vécu.

Vécu ou survécu, Matt ? En mettant tout sous le tapis, en loupant deux autres suicides, en massacrant une jeune fille, en faisant de la prison, en réinventant ta vie... de l'esbroufe, oui...

En osant ce que toi tu n'as même jamais tenté. Alors d'accord si j'ai bousillé plein de trucs avant d'arriver à l'équilibre mais toi, à part de te terrer en moi et attendre que je crève pour sortir de l'ombre, tu as fait quoi ? Si je me souviens bien, tu n'as jamais été rien d'autre qu'un gosse apeuré, lâche, morveux, geignard et maintenant, clou du spectacle, revanchard. C'est sûr, tu t'en tires mieux que moi, y'a pas à dire !

Justement si et c'est ce que nous faisons. Raconter. Absolument tout. Tu vois que dalle Matt mais tu es en train de te faire avoir. Remonte quelques chapitres plus haut et vois le chemin parcouru. Y a pas 100 pages, tu jacassais sur la noble littérature et tu me bottais en touche, me laissant de brefs chapitres pour t'interrompre. Et à présent, nous voilà réunis, ensemble. L'air de rien, je t'ai ferré et nous entrons en dialogue. Certes tu joues le chef, celui qui sait mais ça y est, je suis là, d'égal à égal, au même endroit, dans le même *timing* et tu ne peux rien faire d'autre que d'être en relation avec moi. Quelle qu'en en soit la raison, tu as abdiqué, Matt.

Je reprends le pouvoir.

Je reprends ma place.

Cadillac, en pleine nuit

La tête tombante et les reins au supplice, assise depuis des heures sur cette chaise en paille, sans accoudoir, au dossier raide, à l'assise dure, Esther veille, somnole, rêve, s'affaisse puis d'un coup sursaute. Sur sa blouse rose, un plaid de laine marron vient de glisser. Elle ne pense pas à le ramasser, déjà debout, à l'écoute, à l'affut.

Pour la première fois depuis qu'il est arrivé ici, l'homme a parlé. D'une voix intelligible, claire, forte mais pas criante, plutôt posée, et même autoritaire. Au terme de ces dernières heures à murmurer, gémir, s'excuser, pleurer, hurler, marmonner, il a enfin réussi a articuler un mot. Franc, distinct, définitif.

Non.

Un unique mot lancé au milieu du silence. Comme un ordre, un dernier avertissement, une rébellion.

Non.

Aussitôt, tout a semblé se figer dans la pièce. Une sorte de lourdeur lui est tombée sur les épaules. Elle est restée là, sans rien faire, sans rien dire. Elle s'est sentie comme obligée d'écouter ce non rebondir partout sur les murs, prendre la place, s'installer, absorber jusqu'au dernier souffle d'air avant d'oser se rassoir.

L'homme ne lui a plus paru si vieux après ça. Ni tourmenté. Ni triste. Comme s'il avait livré dans l'instant, au bout de mille autres mots et luttes intérieures, la seule réponse valable qui mette un terme à toutes ces agitations.

Après ça, il n'a plus reparlé. Les yeux grands ouverts, il s'est mis à fixer le plafond, une esquisse de sourire sur les lèvres et presque du rose aux joues. Lui qui à son arrivée avait le teint cireux, les joues décharnées, et comme le diable à ses trousses, est redevenu le jeune homme dont le portrait avait fait les choux gras des journalistes.

8

Matt a 23 ans, se souvient de son unique pamphlet, le premier de ses textes photocopiés, distribué dans les rues, les gares, les magasins, partout où le monde bouge, gesticule et court vers son destin sans s'apercevoir jamais que c'est l'inverse, que le sort a déjà tiré les cartes, tout est écrit, en partie ou presque, ne reste que des funambules, des enveloppes, des pantins, une série de personnalités, toujours les même mais réinventés à l'infini, au travers de nouvelles générations, tous issus d'une même lignée pourtant, celle des hommes, bêtes et têtus, croyant tout savoir, découvrant au terme d'une vie qu'ils se sont trompés, et alors comme il y a eu les caractères de la Bruyère, Matt se met en tête d'écrire, « les clones burlesques », une sorte de diatribe, absurde et drôle qui dénoncerait une société déjà figée dans ses rôles, attribués depuis la nuit des temps, avec à sa table : les chasseurs, les cueilleurs, les chefs, les esclaves, les artistes, les aventuriers, les médiateurs, les sportifs, les intellos, les épicuriens, les bourgeois, les quinquas, les minettes, les éternels étudiants, les acéphales, les simplets, les oisifs, les rebelles, les passifs, les actifs, les délateurs, les bons élèves, les gentils, les méchants... et comme ça plus de 57 types de personnalités, analysés, décortiqués, passés au crible de son humour noir, sa cruauté et ses sarcasmes, donnés en pâture à tous les quidams croisés sur son chemin, ce qui à l'heure où les réseaux sociaux n'existaient pas encore, se résumaient à une poignée de pauvres hères comme lui, et donc n'avait reçu qu'un accueil aléatoire et disparate mais l'avait bien fait marrer cependant, lui qui n'avait pas souvent ri et qui comprenait enfin que l'existence n'était qu'une comédie bouffonne et ridicule, une réplique éculée qui n'aurait de fin que lorsque le monde aurait implosé de lui-même et fait table rase de son arrogante propension à se prendre trop au sérieux.

L'autre

Cette façon de faire, à l'époque, dans l'autodérision et le mépris, comme si tu te foutais de tout et tout le monde, comme si tu étais supérieur à cette race à laquelle tu voulais si peu appartenir. Comme si ton vécu te donnait déjà le droit de juger, de jauger, d'aller de façon hautaine prendre ce qu'on t'avait volé, ce qui t'était dû.

Cette désinvolture dans le verbe, cette impertinence dans le regard, dans tes interactions au monde comme si déjà tu n'avais plus rien à perdre. Remarque, tu n'avais pas froid aux yeux, tu avais du culot, un bagout, de l'endurance.

A cette époque, je te regardais faire, tapi dans mes renoncements, presque bluffé, je me disais même que tu avais raison, que peut-être effectivement c'était ça la méthode pour ne plus rien ressentir, plus rien souffrir. Ça avait l'air de te réussir. Là où tant d'autres se faisaient avaler par le système pénitentiaire, broyer par les privations, déchiqueter par le silence, la peur et l'exiguïté, toi tu renaissais.

La prison t'avait presque rendu libre à toi-même. Aguerri. J.P, ton coach carcéral, te faisait lire et écrire, il t'apprenait à penser et moi je disparaissais dans tes entrailles. Tu avais créé une faille temporelle où l'enfer, le passé, tes souvenirs s'ensevelissaient à mesure que venait l'heure de ta libération. Comme si elle se faisait à deux niveaux, en dedans et en dehors.

Même moi, j'y ai cru. Moi l'agélaste, le furieux, le blessé, la victime, j'y ai cru.

Je vivais en toi, je connaissais la source, l'origine, les fondements, tout ton parcours et je me faisais avoir comme n'importe quel blaireau sur ton chemin.

Te voir prendre le dessus, même sur moi, m'obligeait à reconsidérer ma position et m'autorisait à te foutre la paix. Mon sacrifice était légitime. Tu avais assez souffert.

Alors je t'ai laissé faire.

Matthias

Et je t'en remercie, vieux frère.

Enfin, tu le reconnais… Avoue ?

Ça m'a plutôt bien réussi de t'abandonner.

Aurais-je jamais rencontré ma femme, mon idéal, ma Louise si tu avais été là, à m'entraver, perclus de douleurs, à ressasser nos abominations ?

Avec elle et malgré toi, regarde tout ce que j'ai accompli. Ce foisonnement, cette vitalité, cette créativité.

Que valaient quelques années de douleur, fussent-elles les premières, face à 50 ans de carrière, de réussite, de créativité ?

Quel intérêt de revenir à présent. Je suis un vieux mortel qui s'est fait rattraper par son destin, inutile d'en rajouter. Tout au moins ça pourrait expliquer que j'en sois arrivé là mais sans rien excuser. Tu crois qu'à ce stade, te sortir du chapeau, va m'aider ou même m'absoudre ?

Tu sais au fond je n'ai jamais été dupe. En sursis. Mais pas dupe.

Vous y avez tous cru mais pas moi.

J'attendais le moment, je repoussais les échéances, mais je savais que le couperet tomberait. Il tombe toujours.

Et pourtant, si c'était à refaire, je referais tout. Pareil. A l'identique. Sans rien changer.

Pour ne serait-ce qu'une seconde du regard de Louise posé sur moi, pour sa main dans la mienne, pour cette façon qu'elle avait de m'enlacer, je referais tout et plus encore.

Mais et c'est un mais qui a son importance, en vérifiant bien cette fois-ci que tu es réellement mort au fond de moi. Pas juste enfoui, enseveli, bluffé, ou je ne sais quoi, mais mort, terrassé, déchiqueté, désincarné.

L'autre

Tout ton drame est là, Matt.

Croire que les fantômes du passé sont une illusion. Qu'on peut faire comme si et y échapper éternellement.

Je suis ton autre premier, ton double maléfique si ça te fait plaisir mais ton autre quand même, une part de toi à laquelle tu ne peux échapper.

Malgré toute ta magie des mots, tes œillères, tes nombreuses histoires et tous les histrions qui m'ont remplacé, j'existerai aussi longtemps que tu vivras.

C'est-à-dire encore un peu là, dans cette dernière geôle, attaché à ce lit et ce, quelle que soit la femme à ton chevet qui voudra bien t'offrir la mansuétude que tu lui inspires.

Autant te laisser faire, Matt, ne plus lutter et accepter mon retour. Cette fois-ci tu ne gagneras pas. Je t'ai trop laissé croire que tout le mérite te revenait. A toi seul.

Quand mille fois, je me suis mordu les lèvres pour ne pas te trahir. Quand mille fois, j'ai reflué ma colère pour te laisser vivre tes mensonges.

Comment crois-tu que Louise ait tenu toutes ces années ? Pourquoi crois-tu qu'elle soit tombée amoureuse de toi ?

Matt, s'il te plait, regarde-moi, regarde-toi, tu connais les sacrifices, tu n'as rien oublié comme je n'ai rien oublié, tout marche ensemble.

La violence exercée sur moi toutes ces années a un prix Matt. Tu le savais, n'est-ce pas ?

Non mais je l'ai appris. Avec le temps. J'ai vraiment cru que je pouvais te maitriser sans qu'il ne m'en coute rien. J'ai vraiment cru que je pourrais tenir et d'ailleurs j'ai tenu. Je ne me rendais pas compte de l'effort déployé. Depuis Louise, j'étais aveugle et sourd à tout autre regard que le sien. Et s'il m'avait fallu affronter un lion, une tornade, être cloué au pilori ou simplement dépossédé de tous mes biens, j'y aurais consenti sans faillir. Louise était ma seule certitude en ce monde, la seule entité que je jugeais digne et pour laquelle je courbais le dos. Pour elle je devais renoncer à toi, c'est-à-dire à une part de moi, sans état d'âme. Tu étais l'enfer, elle était le paradis. Fin des débats…

La fin ou le début, Matt ? Souviens-toi ! Votre rencontre…

Stop, ne parle pas de ce que tu ne sais pas. Tais-toi. N'ose même pas envisager de récrire cette histoire. Louise est intouchable. Tu ne vaux même pas le droit d'en parler, d'y penser, de prononcer ne serait-ce que son prénom. Pas toi, pas ici, pas maintenant. Jamais.

9

Une rencontre comme un pari fou, Elle l'élégante, la parfaite accomplie, lui l'ex-taulard, deux entités, deux mondes, une bascule un soir d'hiver que rien ne laissait présager, sa silhouette de dos, c'est tout ce qu'il voyait d'elle, une démarche souple, presque féline, une posture altière compensée par un port de tête légèrement penchée, comme à l'écoute de son interlocuteur, comme si elle recueillait là des confidences qui n'avaient pas de prix, chaque invité la sollicitant dès qu'une conversation s'achevait, et rien dans son maintien qui ne trahisse l'impatience, la fatigue, le désintérêt, bien au contraire, puisque les sourires s'élargissaient en la quittant comme s'ils avaient obtenu plus que ce qu'ils pensaient mériter, comme s'ils affichaient une victoire et Matt, lui ne voyait qu'une partie de la scène, toujours son dos, ses longues jambes, sa taille cintrée dans une robe noire, classique, sans chichi mais de bonne facture, il en était certain, et le défilé de tous ces gens qui cherchaient son attention, pendant que lui, des heures en retrait, qui n'attendait pas son tour, sachant qu'il n'avait rien à faire ici, perdu au milieu de ce cercle

littéraire auquel il n'appartenait pas encore, dans
lequel il s'était immiscé par jeu, par défi, pour
voir, ne sachant ni ce qu'il était venu chercher ni
ce qu'il s'attendait à trouver mais voulant être là,
assistait sans le savoir à sa mue la plus
spectaculaire, déjà conquis par une esquisse, un
profil, une énergie qui le happait comme elle
happait tout le monde autour, sans qu'il ne fasse
rien, comme si de fait, un lien était en train de se
tisser à son insu, et plus la soirée passait plus il se
disait que quelque chose allait advenir, et cela
advint en effet, à la toute fin, quand elle se
retourna et que leurs yeux s'accrochèrent, qu'il y
eut de l'étonnement dans ceux de la femme et
comme un éblouissement dans ceux de Matt, une
sorte de transmission qui disait l'essentiel, les
cœurs étaient pris, sans qu'on sache ni pourquoi ni
comment, à leur insu, comme il arrive parfois
quand tout est décidé bien en amont et que le
destin doit s'accomplir.

L'autre

Jamais, toujours, éternellement n'existent pas
Matt, fausse grandiloquence !

Tu me menaces pitoyablement, à court
d'arguments en sachant pertinemment qu'user de
ces adverbes c'est être pauvre, impuissant, démuni.

Tu ne peux plus rien m'interdire Matt, combien
de fois je vais devoir te le répéter.

Encore une fois tu refais l'histoire. Bien sûr
qu'il y a eu cette soirée, bien sûr qu'il y a eu cette

rencontre, et même certainement que pour toi, elle fut déterminante mais pas pour Louise, pas cette fois-ci en tout cas. Il était tard, tu avais bu, tu rongeais ton frein depuis trop longtemps, attendant ton tour comme tout le monde, venu là pour Elle, la grande éditrice du moment, dénicheuse de nouveaux talents, et quand après des heures, un blanc-bec est venu s'intercaler entre elle et toi, te piquant ta place, captant son attention, minaudant son attention à coups de flagorneries poussives, ton sang n'a fait qu'un tour.

Comme un jeune chiot fou, tu as voulu marquer ton territoire et faisant semblant de ne pas le faire exprès, tu as trébuché en le frôlant, lui balançant ton verre à la figure, éclaboussant au passage la femme, qui évidemment te fixait incrédule, en train d'éructer une salve de gros mots comme si tout était de la faute de ce minus, exigeant des excuses immédiates, le menaçant d'un duel à mains nues, l'attrapant déjà par le col de sa chemise et lui fourrant ton poing dans les gencives.

Ce qu'il advint par la suite, tu ne te le rappelles plus évidemment. A ce moment-là, j'ai pris le relais, comme souvent. J'ai feint le malaise, l'évanouissement, le remords et même les pleurs devant les témoins, puis les flics et je t'ai sauvé la mise.

Tu n'as fait que réparer tes propres dégâts, le jeune chiot fou, c'est toi, cela a toujours été toi. L'impulsif, le bagarreur, le mendiant, l'impatient, le jaloux, toi encore. Tempêtant, exigeant. Comme avec S. Alors même que rien n'était joué, tu avais déjà compris que tu ne serais pas à la hauteur, et tu te sabotais. Non je n'ai rien oublié. J'ai même clairement compris ce qui venait de se passer quand j'ai repris mes esprits le lendemain, que j'ai vu le gâchis et tout le chemin que j'allais devoir faire pour annuler cet emportement.

Disons plutôt que tu n'as pas eu le choix. Récidiviste moins de six moins après être sorti de prison, devant la mine sévère de la juge te proposant la seule alternative possible, te faire suivre, accepter un protocole de soin ou retourner en prison, tu as préféré en finir. Une fois encore.

En finir avec toi quitte à en finir avec moi. Je te subissais sans jamais arriver à te contraindre. Toujours tu revenais quand je ne m'y attendais pas. Cette fois-ci encore, tu m'avais fait passer pour un dingue, un sauvage, devant la plus belle femme du monde. Là où déjà se logeaient mon cœur et mon âme tout entière. A cause de toi, j'étais un pauvre type. Soumis à ses pulsions. Incapable de gérer ses émotions.

A cause de moi Matt, es-tu sûr ou à cause de toi ? Qu'a dit le psychiatre à l'époque ?

Cadillac, au matin

De nouveau les larmes. De nouveau ce regard vide, malheureux. Comme si l'homme était à bout de forces, vaincu. Il fixe Esther sans sourciller, les yeux mouillés. Il lui a même attrapé la main. La maintient avec désespoir. Cherchant par ce geste à ne pas tomber tout à fait, à résister. Ce qu'il voit d'elle appartient à une autre. Elle en est certaine.

Aucun homme ne veut mourir seul et à ce stade du conflit, ils demandent pardon, imaginent que c'est possible, par ricochet, en la traversant, leurs mots iront où ils doivent. Il fallait juste que ce soit dit.

Celui-là ne parle pas encore.

Juste ce Non poussé dans la nuit et quelques mots griffonnés qui l'ont soulagé un instant avant de reprendre le combat.

Le ou les démons qu'il affronte ne lui laissent aucun répit.

Si ce qu'on dit de lui au dehors est vrai, il est possible qu'il ne gagne jamais la bataille. Perdu d'avance il y a trop longtemps. Quel enfant pourrait devenir un homme dans les conditions ou celui-ci a grandi, souffert, s'est rebellé pour finir par s'autodétruire ?

Un miracle qu'il ait tenu tout ce temps. Qu'il ait résisté à une telle tension.

Peut-être et seulement si, sa femme n'était pas morte, l'illusion aurait duré. Le cadre aurait tenu. Mais tout a volé en éclats. Aujourd'hui il est à nu, pas seulement devant tout le monde mais surtout devant lui.

Sait-il encore qui il est ? Ce qu'il peut devenir ? Si même il en a encore envie ?

Ce qu'il fuit pour l'instant n'est pas tant sa responsabilité que la souffrance liée à ses abîmes.

Et pour ce qu'elle sait de l'âme humaine, Esther devine la chute. Sait à quel point le bonhomme a déjà abdiqué. Même si jusqu'au bout, elle sera là et avec lui, elle espérera.

Matthias

Qu'a dit le psychiatre à l'époque ?

Mais que dalle, ou si peu et tu le sais bien, le môme.

Il a dit tout ce qu'un psy peut déblatérer en pareilles circonstances. Avec le peu d'éléments en sa possession et déjà tout son savoir au travers du gosier pour tenter de me faire rentrer entre les lignes de son manuel, à chercher le terme exact qui désignerait ce que j'étais devenu sans réellement savoir ce qu'on avait fait de moi.

Est-ce que je lui ai livré quoi que ce soit de notre histoire ? Non.

Est-ce que je t'ai laissé prendre la parole une seule fois ? Non.

Est-ce qu'il a su autre chose que ce que j'ai bien voulu lui dire ? Non.

Est-ce que je lui ai servi la chanson qu'il voulait entendre ? Oui.

Et donc, tout a été erroné, depuis le début. Avec lui et les autres. Tout le monde.

Partout où quelqu'un croit savoir quelque chose de moi, où il existe des archives, tu imagines bien que ce n'est que du flan.

Les gens n'ont jamais envie de savoir la vraie histoire, ils veulent être rassurés, entendre ce à quoi ils sont préparés, être validés dans ce qu'ils croient avoir compris de toi.

Aucune vérité ne saurait être à la hauteur de leur exigence.

Il y a juste l'histoire qui se réécrit à chaque fois.

Alors ce psy ou tous ceux qui depuis des lustres tentent de savoir, de comprendre, de dresser mon profil se foutent le doigt dans l'œil ?

Imagine, même toi et moi ne sommes jamais d'accord.

Tu as ta version, j'ai la mienne. Qui peut dire celle qui est juste. Les deux existent, les deux cohabitent, les deux n'ont jamais fait que me tenir debout. Et toi aussi.

Qui s'écroulerait en premier si la vérité venait à être dévoilée ?

L'autre

Toi Matt, toi.

D'ailleurs, c'est bien ce qui se passe.

Tu es tombé et je suis arrivé, tout de suite derrière. Sans temps mort.

Tu tombes, tu m'entraines, nous en sommes là.

Et le psy te l'a clairement dit à l'époque mais évidemment tu n'as pas voulu entendre, tu t'es empressé d'oublier.

Remarque c'était il y a fort longtemps.

Il le savait pourtant lui qu'un jour adviendrait l'ultime fissure et qu'alors tout serait fini. Il n'était dupe ni de tes mensonges, ni de ton déni, ni de cette fausse certitude que tu avais concernant ta maitrise des événements, de ton passé, et de toute l'influence que cela pouvait avoir sur tes comportements.

Evidemment ton histoire, il la connaissait globalement, par les faits mais pas en détails certes, et pourtant, il avait vite compris que tu n'étais plus tout seul dans ta tête, que tu avais trouvé refuge ailleurs, que tu savais être deux ou plus et que tu paraissais maitriser cet état de fait, plutôt bien.

Il t'a laissé le manipuler, en feignant de te croire et comme tu n'étais pas réellement un danger mais plutôt un pauvre gosse, il t'a lâché du lest. Vous vous êtes vus assez longtemps pour vous rassurer mutuellement. Il n'y avait pas mort d'homme. Pas encore. La juge aussi en a convenu. Tu n'avais plus qu'à te faire pardonner de ta belle et continuer ta vie.

10

Matt l'avait aussitôt pensé, ce maudit soir où leurs regards s'étaient croisés et où il s'était fourvoyé, un jour il écrirait l'âme, le cœur et le corps de Louise, dans chaque histoire, il écrirait sa voix, sa beauté, son intelligence et il saurait tout, tout de ses plis et replis, de ses rondeurs, de ses creux, de ses vagues, de sa chaleur, de son odeur, à quel point elle s'incrusterait dans sa peau, partout dans sa chair, dans ses rêves les plus délirants, au fond de ses yeux et que plus rien d'autre n'existerait, que chaque mot irait à son endroit, la trouverait, la réconforterait, lui serait dû ; il savait qu'il n'aurait que cette option, l'aimer de tous ses mots, chapitre après chapitre, qu'il devrait tout raconter, sous toutes ses formes, pour la blottir contre lui, qu'elle ne veuille plus partir, qu'elle lui pardonne et qu'elle le découvre, elle seule, au travers de chaque histoire, alors elle seule saurait, comprendrait, l'apprendrait, et à elle seule lui serait révélée l'entière vérité, au milieu de tous ses mots, il la savait capable de choisir les siens, ceux qui le définissaient au-dessus des mensonges et des faux semblants, dans sa nudité la plus troublante et la plus dérangeante, il lui suffirait de lire entre les lignes, de la même façon qu'ils s'étaient lus en un regard, en sachant instinctivement que croire, que lire, que retenir et c'est ce qu'il a commencé par faire, cette seconde fois où il a voulu l'approcher, lui écrire, la toucher là où elle aimait le plus être touchée, dans son âme, par un enchevêtrement de phrases, destinées à elle seule, en lui demandant pardon, ainsi qu'une nouvelle chance, et qu'elle accepte de le lire, de le juger, de peut-être devenir son éditrice, ou à contrario de le terrasser mais être vraie et juste et comme leurs regards l'avaient dit, entière et alors quel que soit son verdict, il l'accepterait et elle l'avait fait patienter longtemps, trois mois, six jours et deux heures depuis le moment où il en était sûr, on lui avait remis sa lettre entre les mains et après, il ne s'était plus quittés et ainsi il avait écrit, 15 thrillers, 12 polars, 5 romans ados, 9 contes pour enfants, 3 essais, 1 pamphlet, 5 autobiographies, 17 romans, 7 pièces de théâtre, plus de 536 nouvelles répertoriées et dispersées dans pléthore de recueils collectifs et 8 individuels, soit environ 82 ouvrages en presque 40 ans de métier, sans jamais mentir mais en lui disant tout, tout le temps, toujours, à elle seule.

L'autre

Et c'était bien joué Matt, très bien joué, tu n'as jamais été aussi vrai que ce jour-là, assis à ta table en train de rédiger ta lettre. Tu as mis des heures à l'écrire et c'est peut-être de tous tes écrits, celui qui t'a fait le plus souffrir. Tu n'avais pas droit à l'erreur, pas droit à l'approximation, pas le droit de te planter.

Tu le savais que Louise était ta planche de salut. Que dis-je, ta résurrection. Peut-être l'unique raison qui t'avait tenu debout si longtemps.

Tu en étais bouleversé. Fiévreux.

Presque agonisant.

Tu l'avais ressenti dans ton corps, en un regard, elle t'avait pénétré et tu savais qu'elle ne partirait pas, que tu n'en guérirais pas. Jamais.

Je t'ai vu, cette fois-là, pour la première fois être raccord avec moi, puiser en cette partie de nous qui voulait vivre malgré tout, ne plus survivre mais bien vivre, au-dessus de tout qu'on nous avait fait. Cette partie qui avait accepté de naitre à cette vie, qui touchait aux origines, aux pourquoi de son incarnation et c'était comme une délivrance de le comprendre, d'accepter et d'avoir enduré tout cela.

113

Dès que tu as eu fini d'écrire et que tu as porté la lettre au secrétariat de sa maison d'édition, tu as commencé d'attendre. Tu n'as plus bougé de chez toi. Ou si peu. Pour le psy, la juge et t'alimenter pour ne pas crever. Tu t'es terré. Tu as oublié de respirer une fois sur deux et tu as compté chaque seconde de chaque heure en te disant que c'était une folie. Encore une de trop.

Tu étais incapable de penser, d'écrire, de t'occuper, suspendu à un verdict qui te paraissait de plus en plus improbable. Et déjà tu te pensais condamné à ne plus savoir exister, à errer, à réécrire mille fois cette lettre en te demandant où tu t'étais trompé et comment encore, pouvoir en réchapper.

Matthias

Oui ça a marché, bien sûr.

Après coup, c'était même une certitude.

Notre rencontre. Ce bouleversement. Cette évidence. Cet infini dans lequel nous nous sommes enlacés toutes ces années.

Avec elle, je n'ai plus jamais fait que cela, être vrai, entier, absolu. Et j'ai écrit, sans contrainte, tout ce que j'ai voulu, comme je lai voulu. Je lui ai tout raconté. Elle n'en a jamais parlé. Mais elle a tout compris.

Et elle m'a pardonné.

A chaque fois que tu revenais réclamer justice, donner des coups de pied à la vie, exiger ton dû, elle m'a excusé. Elle a deviné que c'était plus fort que moi, que je n'y pouvais rien, qu'il fallait laisser faire, accueillir, consoler, ne rien retenir, laisser aller, et même s'en foutre. Que ça passerait comme à chaque fois parce que ça passait toujours.

Une fois la haine de moi déversée à l'envi, je redevenais Matt, le grand Matt qui savait tout lui donner. Personne d'autre qu'elle n'aurait pu encaisser autant. Parce qu'elle seule savait. La crise venait avant chaque livre, avant chaque épuration.

Quand quelque chose devait s'écrire qui ne sortait pas, que je refoulais, qui cognait dans ma tête et me faisait devenir fou. Elle savait que je devais en passer par là. Que tant que je n'aurais pas craché ma honte, ma faute ou mon tourment, notre vie en serait saccagée.

Ce n'était parfois qu'une phrase au milieu de milliers d'autres, parfois qu'un chapitre, ou un mot comme un aveu qu'elle seule savait dénicher. Elle ne cherchait pas mais elle trouvait toujours. Ce qui me faisait saigner, ce qui me hantait, ce qui me détruisait.

Et de cela, de tout ce fiel, elle a fait une œuvre qu'elle a portée au public, Je lui dois l'écrivain que je suis comme je te le dois, à toi, tu as raison, et comme je le dois à notre histoire. Et alors ?

L'autre

Et alors, tu es dans la merde. Toi et moi on a beau savoir tout ceci, tu es dans la merde jusqu'au cou et plus encore.

Personne ne croira que tu as fait ce que tu as fait pour toutes ces belles raisons, que tu n'es coupable de rien, et que ton génie t'absout d'avoir à payer un jour ta dette à la société.

Tu peux mourir, ou feindre de mourir, et gémir, en même temps que vouloir écrire une dernière œuvre, celle-là te sera refusée. Garde-la bien en tête pourtant, ressasse-là jusqu'à vomir tes tripes devant la belle infirmière si tu veux mais si tu survis assez longtemps pour noircir quelques feuilles quand tu retourneras en prison, si jamais tu ne crèves pas ici, n'oublie pas que cette fois-ci ça ne te servira à rien.

Louise n'est plus là pour te lire.

Elle est morte. Tu l'as tuée.

En vrai cette fois-ci.

Peut-être pour toi mais pas pour moi. Louise ne meurt pas, elle est éternelle, en moi pour toujours, je l'habite à présent. Quoi que tu aies fait, toi. Encore une fois. Tu l'as peut-être supprimée mais elle a survécu, elle survit toujours, même si tu reviens, encore et encore, me seriner et interférer, même si tu penses avoir pris la main, même si tu tentes piteusement de te disculper en racontant notre histoire, même si tout et n'importe, comme à chaque fois, Louise est là, sera toujours là, tu ne peux rien contre elle, contre moi, contre nous. Nous sommes indestructibles.

Pas cette fois-ci, Matt, pas cette fois-ci.

11

Et pourtant, toutes les absences se ressemblent, Matt le sait, suffit de survivre à la première, celle du père, le jour où il est parti, pour savoir négocier ensuite avec les autres, celle de Basile, puis de S., et enfin de Louise, à chaque fois la même chose, un grand vide, un grand trou, une déchirure, là un jour, plus là l'instant d'après, comme ça, sans prévenir, sans savoir qu'on vit avec l'autre le dernier instant, un instant qui durera le reste de sa vie, à imaginer ce qui aurait pu être différent, ce qu'il aurait fallu ou pas, et ainsi tout n'est que redite, un départ, une dernière fois, toujours à notre insu, le père qui franchit la porte de la maison, qui murmure « à plus tard, je reviens », qui fait croire à une course, un achat urgent, un besoin de prendre les clefs de la voiture posées sur le guéridon de l'entrée, toujours au même endroit, sans même se retourner, en claquant la porte derrière soi parce que sinon elle ferme pas ou mal ou à moitié et que promettre de la réparer, c'est anticiper le fait qu'on aura plus besoin de la claquer et alors de signifier son départ et même son retour, qui fait toujours comme un bruit, chaque aller-retour pour chacun des trois idiots de la maison, la mère, le père et lui, Matt, qui a appris à claquer la porte avant même de savoir parler et s'apercevoir que dans ce geste, chacun n'y met pas la même force et surtout la même intention, qu'on peut ne rien voir du tout, le père qui la claque une dernière fois dans un sens et ne revient jamais la claquer dans l'autre, à attendre des jours entiers, sans bouger, les yeux rivés sur la clenche, vouloir que le bruit explose, prouve la présence et ne jamais reconnaitre dans la mère ou lui, la façon du père, moins brutale cette fois-là, comme si c'était le signe qu'il aurait fallu voir, comprendre, interpréter pour s'élancer dans ses jambes, le retenir, lui dire « ne pars pas, pas encore, pas toujours » et crever toute sa vie de n'avoir pas oser, parce qu'à vrai dire, on ne savait pas, même si c'est sûr ce jour-là, il aurait fallu voir au-delà des habitudes, en déjouer les pièges pour ne jamais s'habituer à cette porte entrebâillée sur l'éternité.

Cadillac, à l'heure du déjeuner

Le froid est de nouveau là, entier dans sa peau. Il grelotte et sue en même temps, trempé jusqu'aux os. Prisonnier de lui-même, enfermé dans sa tête. Seul.

Il a cru tenir une main, être bercé par une voix, douce, féminine, mais c'est faux. Personne ne l'accompagne, ne l'accompagnera plus. Là où il est rendu, entre ombre et lumière, il n'y a que lui et toutes les pages d'histoires qu'il s'est racontées. En plein courant d'air de toutes ses portes laissées trop longtemps entre-ouvertes. Il se défend encore, bataille, parlemente, explique, se révulse, puis d'un seul coup, abdique.

Il est comme tous ces héros qui avancent aveuglément, sans connaitre l'issue, en priant à la fois pour qu'un miracle advienne ou que la mort le délivre. Aucune autre issue n'est jamais donnée aux destins des hommes. La vie ou la mort. L'entre-deux étant l'enfer parfait ou rien n'existe ni ne meurt vraiment.

Exactement où il en est.

Comme il se sent pitoyable et vain ainsi délaissé, écarté du monde, mis au rebus. Retenu à rien ni personne. Livré à lui-même. Obligé de se coltiner le rejeton, cet envahisseur, ce renégat, cette demi-portion.

Où a-t-il jamais lu que les choses devaient se passer ainsi ? Dans un tel abandon, une telle solitude et tous les regrets du monde en travers de la gorge ? Il en a pourtant écrit des fins d'histoire mais c'était sans compter la sienne, inimaginable. Sinon comment vivre, survivre, avancer, saisir une main et ne plus la lâcher.

Voilà pourtant que d'un coup la chaleur lui revient. Un rêve, un mirage, ces cinq doigts qui s'offrent à lui ? Et cette voix qui lui murmure *que tout va bien, elle est revenue, il n'est plus seul.*

Louise éternelle, increvable, son boulier, son armure, sa muse, son autre. La seule autre qui de tout temps a fait barrage à sa folie et à celle de tous les autres.

L'autre

Cette fois-ci, c'est la fin, Matt. Tu vis ton dernier round. Regarde-toi. Tu es comme un animal blessé qui implore l'achèvement. Comme un gosse qui quémande une dernière caresse.

L'homme n'est plus, l'enfant a repris ses droits. Enfin. Tu as eu beau l'ensevelir sous nombre de costumes, tu n'as fait que le déguiser, le travestir.

On arrive nu, on repart nu Matt et c'est sûrement les deux seuls moments de notre vie où habillé de notre seule peau, on ne triche pas. Une vulnérabilité telle qu'elle oblige à la vérité. C'est moche d'avoir dû tricher tout ce temps.

Et c'est absurde.

Aujourd'hui, tu redeviens celui que tu n'as jamais cessé d'être et au-delà de tout ce que tu as pu écrire et offrir au monde, c'est ce qui sera retenu de toi. L'image d'un homme malade, dépressif, violent, fourbe. Un assassin. Rattrapé par son passé et ses démons.

Ne m'achève pas si vite. Si tu crois t'en sortir mieux que moi, c'est que je suis loin d'être mort. Bientôt tous ces mots, nos querelles, ce règlement de compte prendra sens. T'es rien qu'un gosse qui juge abruptement, qui prend tout pour argent comptant, qui ne voit pas plus loin que le bout de son nez. Gosse un jour, gosse toujours. Tellement facile de te balader. Une fois encore.

Ou l'inverse, Matt, ou l'inverse. Crois-tu vraiment que je n'ai jamais grandi. Toutes ces années. A ton insu.

12

Grandir, n'est-ce pas ce que l'on est censé faire toute sa vie et pourtant Matt a 27 ans et déjà il ne croit plus à la vie telle qu'elle se présente aux hommes, il se le dit souvent, rien n'est moins sûr que l'existence sur terre, peut-être n'est-il qu'un individu lambda dans une fiction qui le dépasse, un cauchemar dans les nuits d'un enfant, une mascarade, un écran de fumée, une illusion née d'un esprit malin ; un être unique, errant dans le grand vide, balloté dans un espace/temps qui lui fait faire le yoyo, d'où le plus souvent il s'emmerde et qui sans le faire exprès, a imaginé un jour un cercle immense, avec à l'intérieur des tracés aléatoires en guise de frontière, peuplé d'hommes, de bêtes et de connexions qui pour la plupart lui échappent, des entités qui lui ont appartenu un instant avant de prendre leur indépendance et n'en faire qu'à leur tête, et lui le petit Matt perdu au milieu de tout ça s'est vu attribuer un rôle fait de lettres et de mots et de paragraphes, sans en saisir forcément le sens, au milieu d'un labyrinthe qui l'oblige à chaque fin de livre d'en écrire un autre, pour avancer d'une case, se rapprocher d'une issue, trouver la porte de sortie et en finir avec ce défi à la con, qui veut que chaque jour soit plus laborieux que le précédent, espérer grandir, devenir homme, s'inventer un but, une mission, un grand amour en tentant d'oublier qu'il sait que cette vie est une chimère, une invention des dieux ou des diables, d'un quelconque génie pervers et maléfique, désaxé ; désespérément seul.

Non, mille fois non, tu n'as pas grandi. Tu es resté à l'état d'enfant ou plutôt devrais-je dire, je t'ai figé à l'état d'enfant. Un mioche, un crabe, un avorton. Mis sous cloche, sous bulle. Et quand j'ai eu besoin, je t'ai libéré, un jour, une nuit, parfois plus, je t'ai extirpé de ma mémoire et je t'ai utilisé. Tu fus et es encore mon atout, ma carte maitresse même, la seule excuse valable à tous mes débordements. Ton arrogance est ma force. Tu as tellement besoin de te sentir exister. Je n'ai qu'à te faire miroiter un minimum de reconnaissance et tu te vautres dedans, illico presto. Aujourd'hui encore, Il suffit que je te siffle et tu accours, sept décennies plus tard, aussi grincheux et veule qu'à ta naissance.

Je vais crever, petit, seul, enfermé dans cette geôle. Mon seul témoin est cette femme, Esther, mon infirmière, à l'identique de Louise, de sa grande empathie.

Elle aussi dira ce qu'elle a vu, ce qu'elle a entendu. Une semaine à mon chevet, c'est plus que tout ce que les journaux pourraient écrire.

J'ai encore assez de forces pour lui donner à lire et à comprendre ces quelques détails qui feront la différence. Déjà 13 instants clés. De ceux qui marquent une existence. De ceux qu'on emporte avec soi le dernier jour.

Tout est là, toujours. Toute l'existence d'un être se résume à ces instantanés de la mémoire, gravés à jamais. Le reste n'est que gesticulation, apparence. Ça meuble une existence, on croit en faire quelque chose, la vivre, inscrire chaque seconde dans une éternité. Mais c'est faux.

A la fin il ne reste que quelques menus souvenirs, toujours les mêmes.

L'autre

Ça ne marchera pas Matt. Plus personne n'est dupe. Ta vie s'étale partout. Pas celle du grand écrivain, mais celle du petit homme.

Le passé n'est plus, ne compte plus.

Seul compte ton dernier geste.

Louise.

Sa mort.

Ta mise en scène.

Tes mensonges.

Et toute de suite derrière, ta folie. Ta dernière tentative de suicide. Comme pour échapper à ton destin, aux jugements des hommes.

Fuir encore et toujours, comme tu l'as toujours fait. Tentant lors de ton procès de me brandir une énième fois comme une excuse. Enfant blessé, trahi, tyrannisé, humilié, rejeté, abandonné, injustement condamné.

Les cinq blessures de l'âme à toi tout seul, réunies dans un seul corps, portées par une seule essence, tout ce que tu as toujours écrit dans tes livres, tout ce contre toi tu t'es battu, essayant à force de mots de réparer les dégâts.

Pour finir par en causer un de plus grand.

Louise. Le grand final. Personne pour te le pardonner ce coup-ci. Personne

13

Impuissante, désarmée, faible, inapte, et même stérile, telle est sa vie, le constat de Matt ce dernier soir, près du corps de Louise, quand il a fallu prendre la décision, faire le bilan, s'apercevoir qu'il n'y avait plus d'issue, qu'il s'était battu pour rien, tout ce temps, croyant faire face au départ du père, à la folie de la mère, de S., au grand malheur de Basile, à tous ces mots jetés en vain sur des milliers de pages qui n'ont rien réparé du tout, pas même anticipé la maladie de Louise, son regard vide les derniers mois, sa pensée floue, ses absences répétées, ses trous noirs, sa lucidité par instant, et quand pour la première fois elle a compris que quelque chose était en train de dérailler en elle, quand son discours s'est grevé de mots crus, violents, de pensées ineptes, que le verdict est tombé, la maladie, inéluctable, cette espèce de dégénérescence contre laquelle plus personne ne pouvait rien, la voir ainsi diminuer, jour après jour, elle, sa muse, son Dieu vivant, sa dernière bouée de sauvetage, son rempart, et cette promesse faite solennellement, il y a si longtemps, de ne jamais laisser l'autre s'appauvrir, devenir une enveloppe, même plus un corps, une survivance physique, sans plus aucune lumière dans les yeux, rien qu'un immense point d'interrogation, parfois, face au sournois tournant de la vie, et devoir respecter sa promesse, la mort dans l'âme, en sachant qu'éteindre l'autre, c'est s'éteindre soi-même , c'est tuer ce qu'il reste d'humain en soi et le faire pourtant, par dignité, pour préserver l'honneur d'une femme de lettres, la grandeur d'une femme de cœur, la respectabilité d'une épouse à qui l'on doit tout, même l'obligation de mourir avec elle, quitte à devenir un assassin, et donner l'image d'un homme malade, dépressif, violent, fourbe et surtout lâche.

Cadillac, minuit du dernier soir.

L'homme n'a plus repris connaissance. Le corps immobile, couché sur le dos, les yeux fermés, il apparait comme mort. Il a même fini par lâcher la main d'Esther qu'il tenait pourtant fermement il y a encore une heure. Certainement qu'il dérive enfin, qu'il laisse le chemin se dérouler sans lui, qu'il ne s'y accroche plus.

Le lent décompte a commencé, pas celui qui part de la naissance à la mort, celui-là a cessé avec la mort de sa femme, mais celui qui relie entre elles les dernières secondes, voire minutes de l'existence.

Esther sait le silence rempli d'un bruit qui bientôt n'existera plus. Encore un doux battement de cœur, une énième pulsion de vie quasi inaudible mais têtue, jusqu'au dernier souffle et ça sera la fin. Elle veut croire que c'est mieux ainsi.

L'homme n'a pas voulu survivre à son dernier geste. Qu'on ait pu le sauver, le juger, l'interner, lui attribuer encore du temps, n'a servi à rien.

Juste à salir sa mémoire, à fouiller son passé, à décortiquer sa vie.

Elle a vu trop de gens mourir et dans de sales conditions pour ne pas le comprendre et même lui pardonner. La dignité jusque dans la mort, c'est bien la moindre des choses qu'on doit à une épouse. Et c'est aussi l'épreuve à laquelle on n'a aucune envie de survivre.

Elle, encore une fois, elle a fait ce qu'elle a pu, être là, silencieuse et compatissante.

Elle seule pourrait témoigner.

Pourtant elle ne le fera pas.

N'en auras pas le temps.

Ses gémissements, ses pleurs, ses quelques mots lâchés dans la colère ou la souffrance, et cette drôle de liste, écrite à la main, qu'elle a ramassé par terre, qui a dû glisser sous le lit, sans qu'elle s'en aperçoive, jamais elle n'en parlera.

Sous le tressautement de la maladie, on y décèle les restes d'une belle écriture.

Sûr que les journaux en feraient leurs choux gras, que la polémique enflerait de nouveau. Les derniers mots du grand M.T.A !

Des souvenirs, des aveux, des anecdotes, le futur plan d'un roman ?

Une liste de vœux à exaucer ?

Son testament ?

Une énigme ?

0/La voie lactée
1/La lucarne
2/L'œil de Pâquerette
3/Le tee-shirt bleu
4/Le chapitre 22
5/S.

Elle seule le sait.

L'autre

Mon dieu ce que tu es fort, quelle fin sublime, seul, en pénitence, devant une femme à qui tu n'as rien dit mais qui t'a vu tellement souffrir et nonchalamment égarée, une feuille blanche, griffée de ta plume, impénétrable. On se croirait presque dans une romance de Noël ou non d'ailleurs, plutôt dans un mauvais polar.

Ainsi va-t-on s'éviter les chapitres suivants sur les larmes, tes funérailles, ton absolution post mortem, la réédition de tes œuvres intégrales en reliure argenté et tout le tintouin que ta disparition ne manquera de déclencher.

Réhabilitant l'écrivain, au-dessus de l'homme.

Nimbé de mystère.

Ce coup-ci, t'es en train de lâcher la rampe, Matt mais moi j'irai jusqu'au bout. On va finir ce qu'on a commencé. Ecrire ce dernier livre, rien que pour nous deux, celui que tu me dois, jamais écrit.

Qui aurait tout changé si tu l'avais fait.

C'est moi qui ne te laisse plus la place, ni la parole, ni l'occasion d'intervenir. Et cette foutue épitaphe, censée faire pleurer dans les chaumières, on va y mettre un terme aussi.

Revenons simplement à ce souvenir zéro, d'une grande voie lactée dans le jardin, entouré de tes parents. Tu avais quoi ? 4, 5 ans ? N'était-ce pas le soir où tu apprenais que tu allais avoir une petite sœur. Le soir où les étoiles ont fini de briller rien que pour toi. Le soir où la nuit a commencé sa longue œuvre de destruction.

Des lors, le déni et les mensonges ont pénétrés ton esprit pour ne plus le quitter.

Toi, une petite sœur ? Et alors tu ne serais plus l'unique, le seul, le grand bonhomme de tes parents. Il te faudrait partager, tout diviser en deux.

L'amour, le temps, les jeux. Et perdre l'exclusivité. Impossible !

Tu as fait comme si ça ne pouvait pas arriver, tu as fermé les yeux sur la grande voie lactée, tu es entré en toi, profondément, sourdement et tu as prié les dieux, les diables et toutes les étoiles mortes pour que cette petite fille ne naisse pas.

Et c'est ce qui est arrivé.

Sans que tu saches comment, par la seule force de ton imagination, tu as cru pouvoir changer le cours de ton histoire. Tu étais certain que tes prières avaient été entendues, il te suffisait d'inventer une autre version des faits pour que ta réalité change.

Tu n'as même jamais su que la réalité était plus basique, plus humaine, que ta mère avait fait une fausse couche, que ton père ne s'en est pas remis, impuissant devant le désespoir de sa femme, qu'il a préféré fuir et qu'à son tour ta mère ne s'en est pas remise non plus, préférant déverser sur toi toute la colère et la frustration, engendrées par de tels abandons.

Tu ressemblais à ton père, tellement et si peu à la vie qu'elle s'était imaginée.

Alors oui, plus d'une fois, la mère s'est vengée sur toi et t'a enfermé dans la grange où Pâquerette te regardait d'un œil torve et misérable.

Plus d'une fois, tu as envie de la tuer sans savoir comment faire.

Ta mère pas ta vache, on est bien d'accord, Matt. Ta mère.

Et quand enfin elle a mis fin à ses jours, là encore tu t'es dit que tes prières avaient été entendues. Là encore tu as cru qu'il suffisait d'un rien pour changer un tout.

Dès lors, ta vision des choses s'est rétrécie sur l'urgence de vivre, sur le besoin de remodeler la réalité, sur ces petites lucarnes d'imagination qui te donnaient une respiration, une possibilité de continuer à vivre.

Plus rien de ce que tu as vécu n'a été vrai. Jamais. Tu as tout réinventé, réécrit, transformé à chaque fois. La vie comme une chimère ou comme un livre ouvert, dont on invente les phrases une à une, dont on permute les chapitres à l'envi, dont on transforme les faits, les fins.

Avec qui il suffit de changer les noms, les circonstances, les dates, les époques. Quand les policiers sont intervenus, ton esprit sain avait définitivement quitté ton corps.

L'enfant en toi était mort.

J'étais mort.

Lapidé, liquéfié, enfoui ou plutôt enseveli sous l'inconcevable, sous trop de cruautés.

Entre toi et moi, tu avais créé un rempart infranchissable.

Ton père, d'ailleurs, est réapparu à cette époque mais tout comme lui ne t'a pas reconnu, tu n'as plus réussi à l'identifier. Il t'avait abandonné pendant sept ans, plus de 2500 jours et nuits pendant lesquels le mal fait était devenu irréversible.

Il ne restait plus rien de l'enfant qu'il avait connu, plus rien du père qu'il avait pu être.

Ta prison mentale avait pris le relais.

L'internement en clinique psy était inévitable.

Tu n'en es plus jamais sorti.

…

Jusqu'à aujourd'hui.

Enfin mort.

Cadillac, à l'aube.

Le décès a été constaté à 2h07 du matin dans le plus grand silence.

Un dernier battement de cœur arraché à la vie et enfin le repos.

La fin d'une vie de souffrance.

Pour Valentine Maurier, infirmière remplaçante, le soulagement l'emporte sur la tristesse. Le patient Nicolas Tremblay ne souffre plus et c'est bien tout ce qui compte.

Elle l'a tellement vu se débattre ces derniers jours qu'il aurait été cruel que ça dure encore ne serait-ce qu'un jour de plus.

55 ans d'enfermement, c'est plus qu'un homme ne peut en supporter.

Il en aura vu défiler des saisons sans qu'aucune ne le porte en graine réellement, dans un tel état végétatif. D'un centre de soins à l'autre, avec des épisodes « prison », des crises profondes, des années entières de repli et de silence.

Si sa tutrice, Esther Calbac vivait encore, elle seule pourrait témoigner de ce que son dossier psychiatrique laisse à imaginer et de l'authenticité des quelques milliers de feuilles rangées dans des pochettes plastiques, assemblées dans pas moins de 67 classeurs, tous noirs, tous à leviers, de la marque Oxford, alignés sur les dix étagères de sa chambre.

Mais elle aussi est morte, il y a deux semaines. Crise cardiaque foudroyante dans la chambre même de Nicolas. Un drame sans précédent.

Ce qui a sûrement précipité la dernière phase de décompensation de son patient.

À ce stade du voyage, perdre son repère, l'unique personne qui ait pris soin de lui pendant ces 25 dernières années d'enfermement, s'est avéré fatal. Nicolas n'a trouvé d'autre solution pour fuir son désarroi que de s'entailler les veines, après avoir tenté vainement de la ranimer. Quand ils ont été retrouvés, elle, les côtes broyées, lui, les mains en sang, tout le monde a cru à un crime.

Pour ce que Valentine Maurier en sait, il y a longtemps que l'homme n'en est plus un, alors oui c'est un soulagement pour tout le monde. Ces traumas d'enfant ont eu de longues et terribles répercussions.

A 25 ans, il a tout de même blessé à mort une jeune patiente, Sabine T., internée dans le même établissement que lui et à 37, il a accidentellement noyé le seul ami, Baptiste C., qu'il avait réussi à se faire, lors d'une sortie organisée pour aller voir la mer. A plusieurs reprises, à partir de ses 12 ans, chaque incident a fait parler de lui. Le jeune Nicolas Tremblay est un cas d'exception pour les journalistes et les médecins.

Si les policiers ne l'avaient pas retrouvé à temps, aux pieds de sa mère pendue à la poutre de la grange, il serait certainement mort avant d'avoir fêté ses 13 ans. Il était dans un tel état de malnutrition et de dégradation physique qu'il ne pesait plus que 23 kilos et mesurait 1m29. En outre, il avait cessé de parler.

Plus tard, au vu de ses « crimes » commis à l'âge adulte, les journalistes ont osé reconsidérer les faits, écrivant qu'il aurait peut-être mieux valu qu'il ne survive pas. Aujourd'hui encore, nul doute que sa mort s'affiche pleine page et que la polémique sur les internements longs soit relancée.

Valentine Maurier sait ce qu'il en coute d'interner des gens sans ne jamais réellement arriver à les soigner. Chaque jour elle bute aux limites de son métier.

Et pourtant elle est jeune dans le service. Est-ce que tant d'abnégation vaut encore quelque chose ?

Elle espère pourtant que cette fois-ci, la réponse sera oui.

Elle pense au demi-frère de Nicolas Tremblay, Jean-Paul dit J.P., apparu comme par magie il y a déjà deux ans, à la mort de leur père.

Lors de l'ouverture du testament, ce fameux J.P. a eu droit à une révélation déconcertante. Lui qui croyait connaitre son géniteur, qui se croyait son seul fils, s'est découvert un frère, non pas illégitime mais caché, et pour cause, interné, mis au ban de la famille et de la société.

En un mot, déclassé.

De neuf ans son cadet, J.P. s'est très vite intéressé à ce frangin dissimulé, à sa vie torturée, à son passé, et à celui de leur père. Cette dernière année, il est venu le voir presque chaque semaine. A chaque fois, il est resté au moins une heure.

Par beau temps, ils sont même sortis dans le jardin faire quelques pas.

Pour avoir assisté à leurs premières rencontres, Esther, sa tutrice, rapporte qu'à l'époque, elle a failli mettre fin à ces visites. Le patient Nicolas Tremblay ressortait de ses entrevues agité, sombre, perturbé. Comme à ses débuts quand elle avait commencé à le prendre en charge. Pourtant, très vite, quelque chose avait changé et Nicolas avait fini par accepter la présence de son frère et même de lui montrer ses classeurs.

C'est là que le déclic s'est fait.

Quand J.P. a découvert ces milliers de pages écrites par son frère et qu'il s'est mis en tête de le réhabiliter. De prouver que peut-être sa vie n'avait pas été vaine.

Quand il a su qu'il tenait entre les mains un potentiel hors norme, une œuvre folle, à l'image de son frangin. Plus qu'une intuition, il a eu une révélation. Son frère n'était pas seulement dément, c'était un génie des mots, du langage, de l'imagination. Un véritable écrivain. Comme il se nommait lui-même. Comme il s'en était vanté au début de leur entrevue et que lui, J.P ne le croyait pas. Et pour cause !

Il n'avait pas encore lu une seule de ces milliers de pages noircies à la main que son frère avait paraphé à chaque fin de page d'un étrange M.T.A. Sans exception, dans un tracé irréprochable, des milliers de pages écrites manuellement comme plus personne ne le faisait. Et il était bien placé pour le savoir. Lui qui avait voulu devenir éditeur sans savoir pourquoi. Une vocation sortie de rien croyait-il. Une idée tombée du ciel. Comme une mission. Ou une quête. À la recherche toutes ces années d'un autre qui le ferait vibrer, qui le sortirait de tout ce qui se faisait de policé et politiquement correct.

Ainsi avait-il trouvé son graal. Sans savoir qu'il vivait là, toutes ces années, à portée de mains. Son propre frère, sa part manquante.

Un vivier de mots et d'idées bien loin du désordre émotionnel et des multiples convulsions qui faisaient passer Nicolas pour un assassin, un violeur, un doux dingue, fourbu de douleurs et de traumatismes.

À cause, grâce ou avec cet héritage, il avait su créer une œuvre titanesque. Pas moins de huit dizaines d'histoires folles, noires, drôles, poétiques et même des romans jeunesse pour ce qu'il avait pu déchiffrer.

Esther Calbac, le lui avait pourtant dit, quand elle vivait encore, que le passé de son frère était une tragédie. Qu'il portait en lui autre chose, qui n'avait jamais pu éclore mais qu'il avait quand même tenté de faire pousser. A sa façon.

Mathias

Voilà, on y est, c'est la fin, tu as perdu, petit et moi j'ai gagné, je t'ai bien baladé.

Tu peux tout relire, depuis le début, toi mais pas seulement, le lecteur aussi, et tu verras… les faits, les détails, le déroulé, les événements, tout est dit.

Surtout entre les lignes.

Si tu as un doute, des interrogations, des réclamations, une quelconque récrimination, vois ça avec l'auteur, moi j'ai fait mon boulot, j'ai tout balancé, en me servant de toi, c'est vrai mais je t'avais prévenu, petit, tu n'étais qu'un pion.

Et pourtant, qui sait de qui on a parlé à la toute fin ? De quelle histoire, véridique ou pas, il s'agit ?

Toi, M.T.A, son frère, la tutrice ou bien un personnage secondaire, encore autre, qui se serait immiscé à notre insu à tous et aurait profité de la multitude pour voyager incognito et ajouter au grand déballage ?

Il se peut qu'aucune réponse ne soit la bonne ou bien toutes à la fois.

Un peu de chacun des protagonistes pour le bon vouloir de l'écrivain ?

Nicolas au service de ses personnages ? Ou qui sait, le lecteur et ses interprétations personnelles ?

Qu'importe ou bravo !

De toutes les façons, Cocteau l'a écrit bien avant moi :

Le roman est un mensonge qui dit toujours la vérité !

Épilogue

Nous sommes le 29 décembre 2022, il est 11h 49 et dans quelques lignes, cette biographie s'achèvera comme elle a commencé.

Par opportunisme.

Comme c'est le cas depuis que l'écriture est née, 3500 ans avant JC.

Comme c'est le cas depuis bien avant la Pangée ou Gaia ou ce qu'on peut dire de la Terre et de sa drôle d'humanité.

Je fais partie de ces âmes errantes qui aiment voyager incognito. Mon nom est sans importance. Vous ne me connaissez pas, ne me connaitrez jamais.

Je suis Un, unique et pourtant Autre, universel.

J'ai existé, j'existe et j'existerai encore bien après que vous aurez refermé cet opus.

Pendant quelques heures qui se sont transformées en mois – qui l'eût cru que ce serait si long - j'ai habité l'auteure de mon aventure, elle n'a pas eu le choix.

Comme tant d'autres avant elle et après elle.

Je suis la mémoire du monde qui avait juste besoin, comme à chaque libération, à chaque éventration de sa conscience, qu'une partie de son histoire soit racontée. Ne blâmez ni n'encensez personne pour ce qui a été produit ici. Comme tous les écrivains du monde, elle a subi mon intrusion.

Elle s'en est fait la dépositaire.

Plus ou moins bien, vous seul serez juge.

Il fallait de toute façon que cela arrive.

Qui sait pourquoi !?

Peut-être pour faire croire aux humains qu'ils existent vrai*ment* et que leur vie a une certaine l'importance ?

Pour que toutes les lettres qui virevoltent dans l'univers se réunissent et servent, quelquefois, à ordonner le grand chaos de l'existence ?

Pour que le grand machiniste du monde qui tire les ficelles d'on ne sait où, ait l'illusion que toutes ses incarnations perdurent ?

Pour que l'imagination ne soit pas gâchée ?

Pour parjurer le mot « écri*vain* » ?

Ou parce que, en toute pudeur, quelqu'un a voulu témoigner de sa propre tragédie.

De façon anonyme, quelqu'un qui serait auteur ou lecteur, un ami, un parent, un enfant, a voulu que soit entendue sa souffrance.

Ainsi que le mal de vivre et tous les efforts auxquels il faut consentir pour conjecturer que cela ait un sens.

Ainsi que la folie de survivre encore quand tout a été cassé, piétiné, secoué, coupé en deux mille cinq cents pièces d'un puzzle qu'une vie entière ne suffit plus à reconstruire ?

Alors même que le fait même d'exister dans un monde qui n'apporte aucune preuve de sa réalité soit la continuité d'un esprit dérangé et sourd à toute humanité. Vous, moi, l'auteure n'en savons rien. Il suffirait pourtant qu'une ligne de tout ceci entre dans votre cœur, trébuche sur votre âme, questionne votre esprit et ma voix, perdue au milieu du grand silence s'arracherait du vide pour venir se nicher dans votre complétude.

Celle que donne le lecteur à toute œuvre qui ose s'exposer. Il faudrait pour cela tout relire une fois encore ou juste extraire les détails.

Et même, et si… Du grand zéro, la grande voie lactée au numéro 13, la mort, il se pourrait pourtant que rien n'ait jamais existé et n'existera jamais.

Aucun mot, aucune ligne de vie.

À peine deux cents pages pour questionner l'art sans être certain que nous existions au-delà de la pensée. Et cependant, le besoin irrépressible d'aller jusqu'au bout.

D'ouvrir une lucarne
Ou un œil animal,
De nager en eaux troubles,
De combler un chapitre manquant,
De donner vie à une majuscule,
D'avoir besoin de chausser des lunettes
Pour fixer une époque,
D'en faire un pamphlet
Ou une lettre
Apprendre à écrire
Afin d'honorer les absents
Et puis grandir
Pour enfin mourir.

Si vous le savez, ou sentez que vous pouvez le deviner, n'hésitez pas à l'exprimer.

Les maux du monde s'en trouveraient peut-être soulagés. Les mots de l'auteure aussi.

Merci.

C.H. Saujon*, le 29/12/2022.
Signé, L'un ou l'Autre.

FIN
...
Ou pas !

* La clinique Hippocrate **à Saujon** a été créée en avril 1948 avec une capacité de 27 lits. Des travaux de modernisation et d'aménagement ont eu lieu constamment au fil des années afin d'assurer une prise en charge optimale des patients. Aujourd'hui la capacité de la clinique est de 57 lits. Elle est spécialisée dans le traitement des maladies psychiatriques de l'adulte en particulier : épisodes dépressifs, troubles bipolaires, troubles anxieux et adaptatifs, troubles de la personnalité, manifestations psychosomatiques, troubles psychotiques légers.

A l'attention des Editions Pénélope, Paris.

Mon nom est Jean Pierre H., actuel directeur de la clinique Hippocrate.

Je ne suis absolument pas écrivain, encore moins un personnage fictif, seulement un témoin et encore, de loin. En effet, j'ai assez mal connu l'auteure de ces lignes.

Elle s'appelle Louise F. et a séjourné parmi nous ces sept derniers mois avant de, je suis au regret de vous l'annoncer, mettre fin à ses jours.

En tant que chef d'établissement, si j'ai été en charge de son dossier, ce n'est évidemment pas moi personnellement qui ai été en charge de ses soins. Mes responsabilités ne m'en laissent guère le temps. J'ai une équipe pluridisciplinaire compétente pour cela qui atteste que le manuscrit joint lui appartient et qu'il a été écrit pendant la durée de son hospitalisation.

Je ne sais pas ce que je dois vous dire de notre patiente, il va de soi que même après son décès, son dossier médical reste confidentiel.

Pour autant, sachez que Louise était une jeune femme de 35 ans très discrète et craintive mais fort aimable et que son souhait ainsi que celui de son fils aurait été que ce récit vous parvienne.

Voilà pourquoi je m'autorise ce courrier en leur nom.

Je ne sais pas si ce que vous lirez d'elle saura satisfaire à l'exigence de votre métier mais je peux vous confier que son parcours récent témoigne de certaines difficultés, qu'elle a peut-être cherché à mettre en forme et en mots ici.

Comme il est écrit plus haut « À sa façon ».

Après lecture, et pour ce que j'en sais, moi qui suis un piètre lecteur de roman, de façon quelque peu hors norme, il faut bien l'avouer.

Certainement que les histoires de ses condisciples l'ont inspirée… au moins en partie.

Merci donc de bien vouloir activer votre outil de bienveillance à son égard.

Il m'a semblé opportun que vous puissiez en juger et peut-être en faire profiter un large public, comme elle le souhaitait et si d'aventure, comme je l'espère pour elle, cela enthousiasme votre cœur d'éditeur. Quoi qu'il en soit, faites-en bon usage.

Je reste disponible pour les suites à donner.

Avec tout mon respect et celui de Louise.

J.P. H.

Ps : En PJ, la lettre de son fils qui vous explique, à sa façon aussi, le pourquoi du comment, nous en sommes arrivés là, tous ensemble.

Bonjour Monsieur JP, un jour vous m'avez appris que c'est votre diminutif que je pouvais vous appeler comme ça et me demander un jour si j'avais besoin, vous vous souvenez je suis Mathias mais tout le monde dit Matt comme dans le livre, on s'est déjà vu un peu c'est ma maman qui est morte chez vous Louise vous la connaissez aussi on s'est parlé plein de fois quand j'avais le droit de venir la voir, qu'on croyait qu'elle allait mieux mais il faut croire que c'est pas vrai même si elle avait recommencé à sourire puisqu'elle a fini par faire ce qu'on a pas le droit même quand ça va très mal avec les rasoirs et le sang partout, on ne m'a pas laissé regarder en vrai mais j'ai vu sur internet et des fois dans les films alors j'imagine et ça me rend malheureux parce que maman elle a pas toujours été triste c'est elle toujours qui s'est occupé de moi et de papi mamie et de son travail, elle faisait tout toujours pour tout le monde tout le temps et elle me racontait des histoires beaucoup, elle avait de l'imagination et des sourires et des caresses et elle voulait toujours devenir écrivain un jour qu'elle disait, mais elle avait jamais le temps toujours à tout faire alors elle a fini par être très fatiguée et en colère et sur les nerfs et elle a fait comme on m'a expliqué un burn-out qui veut dire qu'on dort plus assez, qu'on est plus assez fort ni heureux et qu'on est toujours fatigué alors on va dans une maison comme chez vous on dort tout le temps pour reprendre des forces et un jour on a enfin le temps d'écrire des histoires autant qu'elle voulait, c'est pour ça qu'elle souriait à la fin parce qu'elle faisait comme elle aimait elle avait plus

rien d'autre à faire que ça et moi je venais la voir
un peu et elle était contente, on allait mieux tous
les deux elle me disputait plus elle avait retrouvé
son odeur et ses yeux joyeux et elle me tenait
contre elle en me racontant l'histoire qu'elle
écrivait, celle qui disait tout et que je vous donne
pour faire ce qu'elle voulait, être écrivain un
grand écrivain qui fasse du bien aux gens avec des
histoires surprenantes et en même temps
réfléchissantes pour que les gens apprennent
quelque chose peut-être et comprennent un peu
mieux la vie même si moi j'ai pas tout compris ce
que je lisais j'ai pas réussi et pourtant j'ai lu plein
de fois avec papi mais j'ai pas reconnu maman
dans tout ça, maman elle était gaie et gentille et
jamais méchante sauf la fois où elle est tombée
malade mais elle avait promis que ça arriverait
plus maintenant qu'elle faisait tout comme elle
voulait ici elle avait le temps et ça la rendait gaie
et moi aussi et quand même j'ai bien reconnu les
histoires de la voie lactée et du tee-shirt bleu et de
la vache et toutes les histoires que vous voyez
écrites de travers avec des chiffres en haut que
c'est rien que des souvenirs à nous écrites d'une
traite comme moi je fais toujours, elle m'avait dit
que c'était une drôle de façon de faire original et
qu'un jour elle ferait ça aussi mais je savais pas
que ce serait pour dire ce qui est à nous même si
elle en a fait des choses tristes et terribles alors
que c'était joyeux en vrai et que c'est comme ça
qu'il faut que je me souvienne de maman c'est
Esther mon AESH là où je vais à l'école à
Crazannes à côté de la maison qui me le dit et

144

c'est elle aussi qui corrige ma lettre, elle dit que quand même je devrais rajouter des virgules pas des points elle sait que j'aime pas ça du tout mais un peu de virgule sinon vous allez vous essouffler et en plus elle est pas sûre de voir toutes les fautes mais elle dit que ça a l'air bien qu'il faut que je dise à ma façon comme je suis même si c'est pas très facile à lire mais c'est comme quand je parle et que je peux plus m'arrêter parce que si je m'arrête après je sais plus où j'en suis alors je dis tout d'un coup, j'espère que j'oublie rien je veux juste que maman soit écrivain, même morte, elle a quand même écrit tous ces mots pour aller mieux et ça serait bête que ce soit perdu et puis de là-haut ça lui ferait plaisir j'en suis sûr et comme ça je l'imagine avec son sourire qui faisait comme le soleil tout plein de lumière et de joie et je voudrais tellement ça alors s'il vous plait voilà faites que tout ça aille dans un livre et que ce livre un jour soit avec moi pour toujours comme aurait dû être ma maman à mes côtés merci voilà j'ai fini je crois monsieur J.P., faites tout comme il faut, merci de moi Matt.

***

Mais je le dis,
Je suis de ceux qui échouent dans la vie.
Qui s'en consolent par les mots.

Le caprice de vivre.
Jadd Hilal

Merci à toutes et tous d'être sur mon chemin !

Merci pour Ivy, Clara, César, Pepo hier

Et pour Matt aujourd'hui.

Sans vous, chers lecteurs,

Ils n'existeraient pas…

Et moi, non plus !

***

On se retrouve ici ou là…

https://www.louvernet.com

Ou sur FB :

https://www.facebook.com/RomanLouVernet

Et même par mail :

louvernet67@gmail.com